# AI歴史学
## 源義経と成吉思汗

中原英臣
NAKAHARA Hideomi

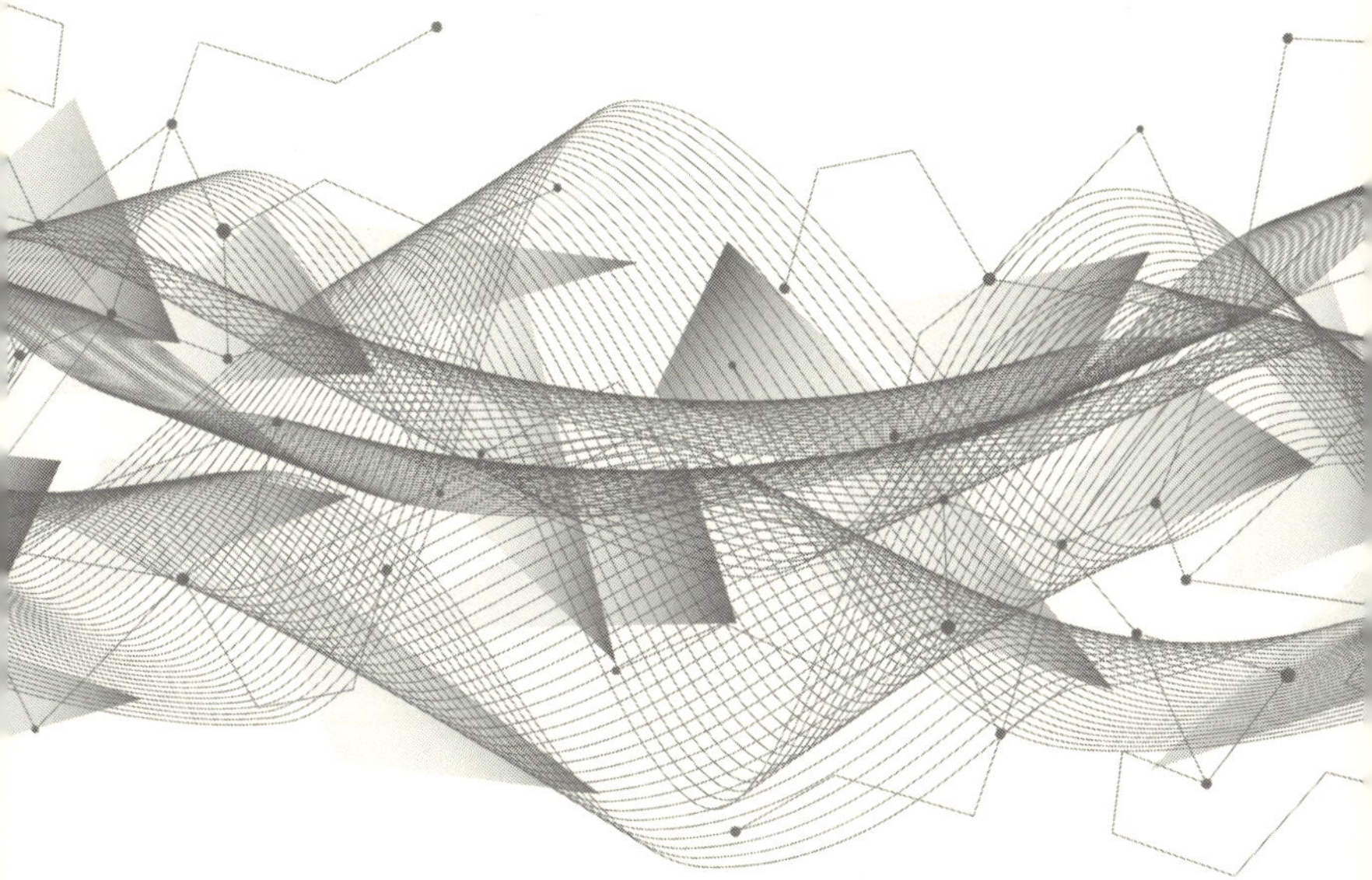

文芸社

# まえがき

冬だというのに、十七階の研究室から眺める東京の空は、午後の陽ざしが暖かかった。東都大学の北村守彦教授はＡＩの研究室にいる。室内には一台のコンピュータがあり、北村がしきりとキーボードを叩いている。そのコンピュータは東都大学が誇る世界一のスーパーコンピュータに接続されている。

そのスーパーコンピュータには古代から現在までの政治、経済、外交、軍事、文化などに関する膨大なデータがインプットされている。このスーパーコンピュータが記憶しているのは、東都大学はもちろん国内のあらゆる大学の図書館、国会図書館をはじめとする全国の図書館、さらに国公立の研究所のデータである。

それだけではなくハーバード大学、エール大学、オックスフォード大学、ケンブリッジ大学、ベルリン大学、ソルボンヌ大学、モスクワ大学、北京大学をはじめとする世界中の主要な大学の図書館や研究室のデータにも接続している。

北村は自ら開発したＡＩを用いて「ＡＩ歴史学」という、まったく新しい歴史学を提唱し、すでに太平洋戦争についての山本五十六とのインタビューを発表した。これまでの歴史学のように文献や資料による推量に頼っているのではなく、スーパーコンピュータに記憶させた膨大なデータに基づいて、歴史をＡＩに解析させせようというわけである。

北村が目指しているのは、これまでは謎とされてきた多くの歴史を科学的に解明することにある。北村の目の前にあるコンピュータには一人の歴史上の人物が映しだされている。その人物は源義経である。

歴史的には一一八九年六月十五日に平泉で死亡したことになっている義経だが、ＡＩのなかにいる義経は、現在も生きていることになる。ＡＩ歴史学が画期的なのは、その人物が生きていた時代を超越することができるという点にある。

本物の義経は兄である頼朝の死も知らないし、奥州藤原氏の滅亡も知らない。さらに二度にわたる元寇のことも知らなければ、承久の乱のことも知らない。いわんや現在における日本のことなど知るよしもない。

北村が創設しつつあるＡＩ歴史学の究極の目的は、このＡＩにコントロールされた義経にインタビューをすることで、これまでの歴史をまったく新しい視点で解釈しようというものである。

# 目次

# プロローグ

北村：義経さん、歴史上の人物であなたほど私たち日本人に好かれている人はいません。

義経：まさかそんなことはないでしょう。

北村：本当ですよ。その証拠に、いま日本でもっとも人気のある大谷翔平という人の名前が実はあなたと関係があるのです。

義経：その大谷翔平というのはどういう人なのかね。

北村：岩手県の奥州市出身でアメリカのロサンゼルス・エンゼルスで世界的な活躍をしたプロ野球選手です。野球はピッチャーが投げたボールをバッターが打つのですが、大谷選手はピッチャーだけでなく優秀なバッターとしても活躍しています。我々は「二刀流」と呼んでいますが、これは百年前に活躍した「野球の神様」といわれているアメリカのベーブ・ルース以来の快挙です。

義経：日本人の大谷君が世界的な活躍をしているのか。

北村：そうです。日本人が大リーグの記録を次々に塗り替えています。ピッチャーは自分が投げて勝った試合が多いと好投手ということになりますし、バッターはピッチャーが投げた球を観客席まで打ち返すホームランの数が多いほど強打者ということになります。

義経：それで大谷君とベーブ・ルースのどちらが強いのかな。

北村：ベーブ・ルースは一九一八年にピッチャーとして十三勝、バッターとしてホームランが十一本という記録を達成しています。大谷選手の記録は二〇二二年にピッチャーとして十五勝、バッターとしてホームランが四十三本、二〇二三年にもピッチャーとして十勝、バッターとしてホームランが四十四本と二年連続で完全にベーブ・ルースを超えています。

義経：完全に大谷君が勝っているというわけだ。

北村：こうしたことから、大谷選手は三回もMVPに選ばれています。

義経：MVPというのは何かな。

北村：毎年行われているシーズンでもっとも活躍した選手を新聞記者が選ぶのですが、大谷選手は三回とも満票で選ばれました。これは一五〇年近く続いている大リーグの歴史でもはじめてのことなのです。

義経：それはたいしたものだな。

北村：そうなのです。大谷選手は二〇二四年からロサンゼルス・ドジャースに移りました。その契約金は十年で七億ドルですから、日本円にすると約一〇一五億円になります。二〇二三年の大リーグの各球団の総年俸をみると、全選手の年棒が大谷選手の平均年棒より低い球団が七チームもあります。日本のプロ野球選手の年俸総額をみると、すべての球団の総年俸が大谷選手の年棒より少ないのです。

義経：大谷君が日本のすべてのプロ野球選手より価値があるということになるわけか。すごいことだな。

北村：大谷選手の年棒をみると、一打席が約一五六五万円、一投球が約六三四〇万円になりますし、時給にすると約二六〇〇万円ということになります。ちなみに一〇一四億円分の一万円札を積み上げると高さは約一〇一四メートルになり、東京タワーの三倍の高さになります。

義経：想像もできないすごい金額だが使い道があるのかな。

北村：一生かかっても使えないと思いますよ。その大谷選手は二〇二四年にも超人的な活躍をしました。ところで野球というスポーツの基本は「投げる」と「打つ」のほかに「走る」ことがあります。走ることは盗塁につながります。

義経：盗塁というのはどういうことかな。

北村：盗塁というのは、ピッチャーがバッターに対してボールを投げる動作に入ってから、塁にいるランナーが次の塁に進むことをいいます。例えば一塁にランナーがいるとします。ピッチャーが投げたボールをキャッチャーが捕ってから二塁に投げる間に、一塁にいたランナーが二塁のベースを踏むことができたら盗塁に成功したことになります。

義経：走るのが速いと盗塁できるわけだな。

北村：その通りです。野球には四〇 - 四〇という記録があります。ホームランを四〇本と盗塁を四〇回することを意味します。

義経：なぜホームランと盗塁の組み合わせなのかな。

北村：ホームランを打つのは体の大きなパワーのある選手ですが走るのは苦手なのです。一方で盗塁をするにはスピードが必要になります。野球選手のなかにはパワーとスピードを兼ね備えている選手が少ないので、ホームランと盗塁を両方できる選手がいないのです。例えがよくないと思いますが、あなたはスピードで盗塁して、弁慶さんがパワーのホームランバッターということになります。

義経：わたしは八艘飛びができても弁慶のような怪力はとてもじゃないから無理だから、

この説明はとてもよくわかる。

**北村**：大リーグでも四〇‐四〇を達成した選手は五人しかいませんでした。ところが、大谷選手は四〇‐四〇どころか五〇‐五〇を超えて五三‐五五という数字を記録したのです。大リーグの記録が四三‐四三ですからまさに桁違いの記録といえます。こうしたことを受けて三度目のMVPに選ばれました。

**義経**：それでその大谷君とわたしの名前とどういう関係があるのかね。

**北村**：大谷選手のお父さんは「義経」と名付けたかったようなのですが、さすがにそれはやめて、「翔」の字はあなたが壇ノ浦の戦いでやった八艘飛び、「平」はあなたとは縁の深い奥州の「平泉」からとったようです。

**義経**：奥州の平泉は、わたしが育てられたところだから、とても懐かしい場所だ。

**北村**：大谷選手は平泉に近い水沢市で生まれたわけですから、あなたとは不思議な縁があるようですね。

**義経**：そうかもしれないね。

**北村**：そうですよ。大谷選手のお父さんはあなたのファンなのですよ。あなたのことが好きな日本人はいまでも大勢いますよ。

**義経**：八艘飛びか。

北村：あなたが平教経に追われて、次々と八艘の船に跳び移って逃れたという話ですよ。

義経：そんなこともあったな。兄の頼朝など「船を八つも飛び移るなんてチャラチャラした戦い方して」と思っていた気がするがね。もっとも本当に八艘も飛び移ったかわからないがね。

北村：そんなことはどちらでもいいのです。あなたは伝説の人気者になっているのです。いずれにしてもあなたがいなければ平家を滅ぼすことはできなかったのですから。

義経：名前といえば、わたしがモンゴルに行ってジンギスカンになった証拠はジンギスカンというわたしの名前にある。

北村：あなたの名前ですか。

義経：そうだ。ところでジンギスカンを漢字で書くとどうなるかな。

北村：最近はジンギスカンを漢字で書けない日本人がいるようです。先日、『週刊新潮』に載っていた成吉思汗料理の広告が「じんぎすかん」と平仮名で書いてあったのを見てがっかりしました。

義経：成吉思汗という漢字を書けないとはひどいものだ。いったい日本という国はどうなっているのかな。

北村：北海道を代表する郷土料理のジンギスカンはマトンやラムなどの羊肉を用いた日本

の焼肉料理ことで「成吉思汗鍋」と呼ばれることもある鉄板料理です。料理の名前の由来には諸説ありますが、あなたが北海道を経由してモンゴルに渡ってジンギスカンとなったという伝説から想起したものであるともいわれています。

義経：料理のことはさておいて、そろそろ真剣な話をするか。わたしの名前を漢字で書くと「成吉思汗」になるが、わたしはこの「成吉思汗」という文字に重大な意味を持たせたつもりだったが、残念なことに日本人にはいまだにわかってもらえていないようだ。

北村：どういう意味ですか。

義経：「成吉思汗」という漢字を万葉風に読んでみてくれないか。

北村：古い辞書を持ってくるから、ちょっとだけ待っていてください。

義経：わかった。

北村：この辞書によると「成」は「なる」、「吉」は「よし」、「思」は「も」ですから、ここまでは「なるよしも」になります。「汗」を「かな」とすれば「なるよしもかな」になります。

義経：その通りだ。「なるよしもかな」といえば、なにか思い出すことがあるだろう。

北村：静御前が頼朝の前で謡った「しづやしづ しづのをだまきくり返し 昔を今に なすよ

しもがな」ですか。

義経：わたしがもっとも愛した静が鶴岡八幡宮の若宮堂で謡った「しづやしづ　しづのをだまきくり返し　昔を今に　なすよしもがな」の返歌なのだ。

北村：そうだったのですか。あなたは静御前の和歌に応えたのですね。

義経：わたしはモンゴルの平原から静に対する想いをこめて「成吉思汗」すなわち「なるよしもかな」と名乗ったのだ。兄貴とあの女の前で「しづやしづ　しづのをだまき　くり返し　昔を今に　なすよしもがな」と詠った静の命がけの気持ちに応えなかったら、それこそ男じゃないからな。

# 第一章　義経の生い立ち

北村：まずあなたの出生について伺いたいと思います。あなたは河内源氏の正統を継ぐ源義朝を父とし、九条院の雑仕女で絶世の美女といわれた常盤御前を母に一一五九年に京都で誕生しています。しかし、義朝はその年の十二月に平治の乱で敗れ、翌年の一月に尾張の国であえない最期を遂げます。

義経：わたしは赤ん坊だったので覚えていないが、その通りだと思うよ。

北村：常磐は平家の追及から逃げようとしましたが、最終的には今若、乙若、牛若の三人の幼子を連れて六波羅に出頭します。常盤と三人の子どもは、常盤が平家の総帥である平清盛の愛人となることで助命されます。

二人の兄は出家のためにそれぞれの寺に預けられ、乳飲み子だったあなたは、当分の間、母の手許で養育されました。常盤はやがて一条大蔵卿長成と再婚し、その庇護のもとで成長したあなたは、七歳のとき出家して鞍馬寺に入ったというのが通説になっています。
義経：わたしが出生から出家して鞍馬寺に入るまでのことはほぼその通りだと思うよ。わたしにとってショックだったのは、自分の母親がいくら私たちの命を救うためとはいえ、清盛の妾になったことだ。これはわたしが大きくなってから知ったことだが、経験したことのない人間にはわからないだろうな。わたしが平家を滅ぼしたかった最大の理由はこれだといってもいい。
北村：そうですか。あなたの気持ちはよくわかりました。次に武蔵坊弁慶との出会いについて伺いたいと思います。
義経：何でも聞いてくれ。
北村：私たちの世代の日本人は子どものころに童謡でお二人の出会いを歌ったものです。
義経：どのような歌かな。
北村：作詞者も作曲者も不明の童謡『牛若丸』は、一九一一年に文部省唱歌として『尋常小学唱歌』に掲載されています。歌詞は以下の通りです。

京の五条の橋の上
大のおとこの弁慶は

長い薙刀ふりあげて
牛若めがけて切りかかる

牛若丸は飛び退いて
持った扇を投げつけて
来い来い来いと欄干の
上へあがって手を叩く

前やうしろや右左
ここと思えば　またあちら
燕のような早業に
鬼の弁慶あやまった

　私が子どものときに聞いた話では、弁慶が一〇〇〇本の太刀を奪おうという悲願を立て、道行く人を襲っては太刀を奪って九九九本までになり、あと一本というところで、横笛を吹きながら五条大橋を渡るあなたと出会うのです。弁慶はあなたに襲いかかりますが、あなたは欄干をひらりひらりと飛びながら攻撃をかわし、最後は返り討ちにあった弁慶が降参してあなたの家来になり、ふたりは最後まで生死を共にすることになったというのです。

義経：そんなことよく覚えていないな。

北村：五条大橋の西詰には一九六一年に京人形師の岡本庄三氏が制作したあなたと弁慶の石像が建っています。ちなみに歌舞伎の世界でも『鬼一法眼三略巻』や『五条橋』という舞台がありますし、能にも『橋弁慶』という演目があります。

義経：なかなか面白い話だが。この話はまったくの作り話だと思うよ。そもそもわたしが生きていた時代には五条大橋はなかったのだから、弁慶と五条大橋で出会うわけがないだろう。

北村：そうですよね。五条大橋は豊臣秀吉の時代に建造されたわけですから。室町時代に書かれた『義経記』には、あなたと弁慶の決闘は清水の舞台で戦っている挿絵があります。

義経：わたしの記憶では弁慶と出会ったのは五条大橋でも清水寺でもないから、この伝説は事実ではない。

北村：あなたのおっしゃる通りですね。続いてあなたが鞍馬山で暮らしていたころの話を伺いましょう。父である源義朝が平治の乱に敗れて謀反人になって命を落とします。鞍馬寺に預けられたあなたは遮那王と名乗って、七歳から十年ほど昼は学問、夜は武芸に励んでいました。

義経：あのころは勉強と鍛錬の毎日だった。

北村：そうしたある日、東谷の僧と一緒に花見に出かけます。そこに見知らぬ山伏が来たので、鞍馬寺の僧たちはあなたを置いて帰ってしまいます。一人だけ取り残されたあなたを憐れんだ山伏は、花の名所に連れて行きました。自分が天狗であると明かした山伏は、あなたに兵法の秘伝を授けます。あなたが十一歳のときだったといわれています。

義経：山伏から兵法を習ったことは間違いないが、あの山伏が天狗だったかはよくわからない。

北村：鞍馬山にはあなたが奥州平泉に下るときに、名残を惜しんで背を比べた「背くらべ石」や修業のときにのどを潤したといわれる「息継ぎの井戸」などがいまでも残っています。あなたが衣川で亡くなった後には、あなたを偲んで建てられた「義経公供養塔」も残されています。

義経：わたしが十年も暮らしていたのだから、そうしたものが残っていても不思議ではないと思うよ。

**北村**：あなたは鞍馬山で暮らした時期に、山伏か天狗かは別にして、武将としての知識を覚えていったわけです。そうしたときにあなたは源氏にゆかりのある人物から父である義朝の最期や平家の繁栄の様子などを聞いたとされ、平家打倒の意思が芽生えたのではないですか。

**義経**：その通りだと思うよ。そうでなければ、奥州などに行かずに、鞍馬山の僧として穏やかな一生を送っていたはずだからな。

**北村**：ここであなたの人気を裏付けるエピソードを紹介しましょう。勤皇の志士が跋扈《ばっこ》する幕末の京の都で、倒幕に加担する浪人として活躍する鞍馬天狗は、大佛次郎が書いた時代小説の主人公ですが、文字通り鞍馬に住む天狗からイメージしたものと思われます。嵐寛寿郎が演じた映画『鞍馬天狗』のシリーズは四十八本を数えたことからわかるように凄まじい人気でした。

**義経**：鞍馬天狗というのはどういう人物なのかな。

**北村**：小説や映画に登場する鞍馬天狗は、それ以前に流布されてきた鞍馬天狗とはまったく違うものでした。それまでの鞍馬天狗は鞍馬山の奥にある僧正ヶ谷に住む天狗のことでした。別名を鞍馬山僧正坊といい、あなたに兵法や剣術を教えたという鬼一法眼と同一視されることもあり、能の演目『鞍馬天狗』に登場する実像に近いものとされていました。

義経：わたしを教育したことになっているわけだ。

北村：そのようですね。『義経記』には、あなたと鬼一法眼との駆け引きが書かれています。『義経記』の「義経鬼一法眼が所へ御出の事」には、奥州から京の都に戻ったあなたが、鬼一法眼が秘蔵する太公望の兵法書『六韜《りくとう》』を盗み出そうとする場面があります。あなたは鬼一法眼の娘である皆鶴姫と情を交わしたうえで『六韜』を盗み出させようとします。あなたは男前だったこともあって娘を籠絡することに成功します。そのときにあなたが娘に言った言葉が辛辣でした。あなたは、

「親父に俺との関係をバラされたくなかったら、兵法書を盗み出してこい」

と言いつけたのです。あなたにぞっこんだった娘は、あっさりと『六韜』を盗み出して、あなたに差し出します。

義経：わたしはそんなに男前じゃないし、女性にもてたとは思っていない。そもそも女性をだますなんてことはしたことがない。

北村：いずれにしても、これを知った鬼一法眼が、怒ったことはいうまでもなく、計略を用いてあなたを討とうとしましたが、その企みをも娘があなたに告げたことで、あな

たは無事に逃げることができたというのです。

義経：作り話にしても気に入らないな。

北村：ともあれ兵法書を見事に手に入れあなたが、優れた軍略化になれたのは、この甲斐あってのことだったのかもしれないとされています。そして、こうした話から鞍馬天狗、鞍馬僧正房、鬼一法眼の三人が同一視されることが多いのです。

義経：面白い話だが、みんなまったくの作り話にすぎないな。

北村：いずれにしても、あなたはいつの時代でも、日本人に好かれていたのです。

北村：人形浄瑠璃と歌舞伎の演目として有名な『義経千本桜』という作品も、あなたの人気と無関係ではありません。一七四七年十一月に大坂の竹本座で初演された『義経千本桜』は、あなたと死んだはずの平知盛、平維盛、平教経の運命を軸に語られています。ここではあなたは珍しく脇役ですが、あなたを演じる役者は御大将にふさわしい大きさと品格、さらには貴公子としての風情が求められています。

義経：一七四七年というと、わたしが死んでから六〇〇年近くもたっているのに、なぜわたしのことが舞台になるのか、どうにも不思議な気がする。

北村：それはあなたに時代を超えた国民的な人気があるからです。

義経：生きていたときに世間から追われたわたしが国民的人気者だというのか。

北村：そうですよ。源平の合戦で大きな功績をあげながら、兄である源頼朝と対立して悲運の最期を遂げたあなたは昔から人気があり、この国では弱い立場の者に肩入れする「判官びいき」という言葉があるくらいです。「判官」は「ほうがん」とも「はんがん」とも読みます。「判官」は昔の役職で平安時代に置かれた「検非違使」という役職の「尉」という職位のことで、あなたはこの役職にあって「九郎判官義経」と呼ばれていましたよね。

義経：その通りだ。わたしは源義朝の九男だったから「九郎判官義経」と呼ばれていたことがあったわけさ。

北村：『義経千本桜』の話にもどりましょう。『義経千本桜』の二段目では都の外れにある伏見稲荷まで落ちのびてきたあなたの後を追ってきた静御前が、あなたのお供をしたいと願いますが、許してもらえなく形見として「初音の鼓」を受け取ります。そこに鎌倉方の追手がやって来て静御前を捕らえようとしますが、あなたの家来の佐藤忠信が現れて、鎌倉方の追手を追い払います。

義経：静まで登場するのか。

北村：静御前も随分と人気がありますからね。この『義経千本桜』のフィナーレは、あなたが安徳天皇を母の建礼門院のもとへ連れて行って出家させたうえで奥州へ向かうシーンです。あなたをめぐる物語は千本桜が花ざかりの吉野山で大団円を迎えるのです。


**北村**：さて鞍馬寺に預けられていたあなたに出生の秘密を告げたのは、源義朝の家来だった鎌田政清の子である鎌田正近だったのだといわれています。平治の乱で政清が長田忠致に討たれたときは十一歳だった正近は、母方の親戚のもとにかくまわれていました。十九歳で元服して鎌田正近と名乗り、二十一歳のときに出家して九州で修行したあとは、法名を聖門坊といって四条室町に住み、四条の聖と呼ばれていたそうです。日ごろから平家の繁栄をよく思っていなかった聖門坊は、源氏に仕えて謀反を起こそうと考えます。そうしたときにあなたの噂を耳にして鞍馬へ出向いた聖門坊は、

「貴方様は清和天皇より十代の子孫源義朝様のお子です。私は義朝さまの家来の鎌田政清の子どもです。今日の源氏一門の様子を心苦しいこととは思われませんか」

と語りかけます。

それを聞いたあなたが、

「平家が全盛のいま、このような話をするのは、わたしを騙そうとしているのではないか」

と思っていると、聖門坊は源氏のことを詳しく話しました。

義経：聖門坊のことはよく覚えている。わたしは源氏の血を引く人間と知ってびっくりしたからな。

北村：そうしたときにあなたは、奥州平泉の藤原秀衡が源氏の若君を迎えて陸奥と出羽を治めさせたいという願望があることを知っていた金売り吉次に会います。その吉次の勧めもあり、平家側の監視や追及が厳しくなる状況が、あなたの奥州行きを決断させたのでしょう。

義経：その通りだが、わたしはその男の名が吉次だったことはよく覚えていない。

北村：金売吉次は奥州で産出される金を京で商う平安時代末期の商人です。『平治物語』『平家物語』『義経記』『源平盛衰記』などに登場し、あなたが奥州の藤原氏を頼って平泉に行くのを手助けしたといわれています。

義経：少なくとも金売吉次という名前ではなかったよ。

北村：『平治物語』では「奥州の金商人吉次」、『平家物語』では「三条の橘次と云し金商人」、『源平盛衰記』では「五条の橘次末春と云金商人」、『義経記』では「三条の大福長者」で「吉次信高」と書いています。

義経：もう一度だけ言っておくが、その男の名前ははっきりとは覚えていない。

北村：『平治物語』ではあなたがその人物に奥州への案内を依頼していますが、『義経記』

では相手から話を持ちかけていたことになっています。いずれにしてもあなたは奥州へ向かい藤原秀衡と面会します。実際に「吉次」なる人物が実在したかどうかは不明ですが、当時、東北地方では産出した金が京で取引されていたのは確かです。こうした商人の集合体が「金売吉次」という人物像として書かれたと思われます。ちなみに吉川英治という作家が『新・平家物語』という小説のなかで登場させた人物も金売吉次でした。

**義経**：それにしても、わたしのことを書いた本がたくさんあるものだな。

**北村**：そうですよ。繰り返して言いますが、あなたは日本人にとって最高の人気者です。ところで、あなたは奥州に向かう途中で元服していますね。

**義経**：その通りだ。わたしは鏡の宿（現在の滋賀県竜王町）で烏帽子親《えぼしおや》もないままに自ら元服して「遮那王」から「源九郎義経」と名乗ることにした。これはわたしの決意の表れだったと思ってほしい。

**北村**：いずれにしても、あなたは一一七四年の二月二日の明け方、鞍馬寺を抜け出して奥州平泉へ旅立ちます。下総（現在の千葉県）までやってきたあなたは、その地に一年ほど暮らしていましたが、平家に知られてはまずいので奥州を目指すことにします。その後、平泉へと辿り着いたあなたは、藤原秀衡の庇護のもとで六年ほど暮らします。

義経：いずれにしても一一七四年頃に鞍馬山を出奔して奥州に向かったのは本当のことだ。藤原秀衡は父のような人だったし、わたしは平泉を第二の故郷と思っている。

# 第二章　一の谷から壇ノ浦へ

北村：あなたが平家を滅ぼすまでの活躍は、目を見張るものがあります。文字通り獅子奮迅の活躍でした。日本の歴史上でもっとも優れた武将であると同時に戦略家であると思います。

義経：それほどのことはないと思うよ。わたしが生きていた時代から一〇〇〇年も経っているのだから、もっと素晴らしい武将がいくらでもいたと思うよ。

北村：とんでもありません。あなたが歴史上もっとも優れた戦略家というエピソードを紹介しましょう。

義経：そんなエピソードがあるのか。

北村：明治時代に日本はロシアと戦争をします。この戦争で世界最強といわれたコサック騎兵を破ったのが、日本騎兵の父と呼ばれている秋山好古という軍人です。

義経：騎兵というと、わたしの得意の分野だ。一の谷の合戦のときも騎兵を用いた鵯越《ひよどりごえ》からの逆落としで大勝利を得た。

北村：その好古が、当時、世界でも有数の陸軍国だったフランスに留学したときの話です。好古の学んでいる士官学校にカルパンティエという有名な教官がいました。

義経：軍人を教育する学校があったのか。

北村：フランスだけでなく多くの国に軍人を養成する学校があります。最古の軍学校はイギリスの王立陸軍士官学校で、特に専門の知識が必要となる砲兵と工兵の士官を養成するために十八世紀に設立されました。もちろん明治時代の日本にも陸軍士官学校や海軍兵学校がありました。

義経：わたしの時代にはそんな学校などなかった。

北村：カルパンティエによると、天才的な戦略家だけが、強力な攻撃力があるものの防御力に欠けている騎兵を運用できるというのです。

義経：それは軍事的に正論だと思うよ。

北村：カルパンティエは、そうした軍事的な天才は、世界史のなかでも四人しかいなかったというのです。

義経：たった四人しかいないのか。

北村：そうです。モンゴルの成吉思汗、プロシアのフレデリック大王、フランスのナポレオン一世、プロシアの参謀総長モルトケの四人です。カルパンティエの講義を聞いた好古は、あなたと織田信長を加えるように勧めます。

**義経**：好古というのはけっこう図々しい男だな。

**北村**：好古が実際の戦闘について詳しく説明したところ、カルパンティエはこれからはあなたと織田信長を加えた六人を軍事的天才として認めようといったのです。あなたは陸軍国のフランスが認めた世界的な軍事的天才なのです。

**義経**：それはとても光栄なことだと思うよ。ただし、すでに話したように、わたしは成吉思汗なのだから、軍事的天才は六人ではなく五人ということになる。

**北村**：それでは一の谷の合戦から伺います。

**義経**：なんでも聞いてくれ。

**北村**：一ノ谷の合戦は一一八四年に摂津（現在の兵庫県）の福原と須磨で行われた戦闘です。その前年に倶利伽羅峠の戦いで平家を破った源義仲（木曽義仲）は京に入ります。平家は安徳天皇と三種の神器を奉じて都を落ちて九州の大宰府に逃れます。

**義経**：そのことについては、わたしもよく知っている。

**北村**：京の都を制圧した義仲は「朝日の将軍」と呼ばれるほどの勢いでしたが、京の統治に失敗して後白河法皇と対立するようになります。

義経：義仲はなにも知らない田舎者で木曽の山猿だったからな。義仲が後白河法皇の命令で平家追討のために出兵し水島の戦いで大敗したことは覚えている。
北村：後白河法皇は義仲を見限って頼朝を頼ろうとしますが、これに激怒した義仲は後白河法皇を幽閉してしまいます。
義経：後白河法皇を幽閉するとは、義仲もかなり焦っていたのだろう。
北村：形勢不利となった義仲は、讃岐（現在の香川県）の屋島にいた平家に和平を申し出ましたが拒絶されてしまいます。その後、一一八四年一月に頼朝が派遣したあなたと源範頼の率いる軍勢と戦って敗北します、世にいうところの宇治川の戦いです。
義経：宇治川の戦いは懐かしいな。なにしろわたしにとって初陣のようなものだったからな。頼朝から名馬を与えられた佐々木高綱と梶原景季の先陣争いがあったのも覚えている。佐々木高綱が拝領したのは「生食《いけづき》」、梶原景季が拝領したのは「磨墨《するすみ》」だったことまで覚えている。
北村：そうですか。「宇治川先陣の碑」は宇治川の中州である塔の島にあります。
義経：わたしに破れた義仲は落ち延びるが、近江（現在の滋賀県）の粟津（現在の大津市）で討ち死にしたはずだ。
北村：その通りです。義仲のお墓は、室町時代に開かれた朝日山義仲寺にあります。義仲寺は江戸時代の俳人松尾芭蕉の墓があることでも有名な寺です。

**義経**：どういうことかな。

**北村**：芭蕉が一六八九年に作った句集である『奥の細道』には、芭蕉が奥州平泉の高館を訪れたときに詠んだ。

夏草や兵どもが夢の跡

という有名な俳句があります。

**義経**：高館というとわたしが暮らしていたところじゃないか。

**北村**：芭蕉は義仲の生涯に思いを寄せていて、生前から義仲の隣に葬ってほしいと言っていました。芭蕉は江戸で暮らしていましたが、大阪の句会に出席したときに亡くなったので、弟子たちが望みどおりに義仲寺に葬ったのです。

**義経**：わたしでなくて義仲というのが残念だが、もしできることなら義仲寺にある二人の墓に行ってみたいと思う。

**北村**：さて源氏同士の争いの間に勢力を立て直した平家は、かつて平清盛が都にしようとした福原まで進出していました。西国を支配し瀬戸内海を制圧した平家は、数万騎の兵力を擁して京の奪回を目指します。こうしたことを受けて、後白河法皇は頼朝に平家の追討と、平家が持ち去った三種の神器の奪還を命じる宣旨を出します。

義経：その通りだ。そこで起きたのが一ノ谷の合戦だ。わたしは一万騎を率いて一一八四年の二月に京を出発した。兄貴の範頼は五万を超える大軍を率いていた。戦闘は二月七日の払暁にはじまったが、平家が激しく抵抗したので撃破することはできなかった。

北村：あなたは範頼とは別の攻め方をしたわけですね。

義経：そうだ。わたしは七〇騎を率いて山道を西に向かって進撃した。そのとき弁慶が道案内として猟師を見つけてきた。その猟師が馬は鵯越を越えることはできないというので、鹿はここを越えるかときいたら、鹿が餌場を求めて往復していると答えた。わたしは、

「鹿が越られるなら、馬も越えられるだろう」

と言いながら山の上から平家の陣に向かって突入した。

北村：まったく警戒していなかった断崖絶壁から攻撃を受けた平家は大混乱に陥ったわけですね。

義経：わたしの部下たちが平家の陣に火をかけると、平家の兵たちは我先にと海へ逃げ出した。あまりに多くの兵が船に殺到したので溺死したものさえいた。

北村：安徳天皇と建礼門院とともに沖の船にいた総大将の平宗盛は、自らも敗北を知って屋島に向かって逃走します。こうして一の谷の戦いはあなたの一方的な勝利に終わっ

たわけですね。

**義経**：その通りだ。

**北村**：一の谷の合戦については、明治時代に「鵯越」という小学校の唱歌が作られたので紹介しましょう。

鹿も四つ足、馬も四つ足
鹿の越えゆくこの坂路
馬の越せない道理はないと
大將義經眞先に

つづく勇士も一騎當千
鵯越に着いて見れば
平家の陣家は眞下に見えて
戰今や眞最中

油斷大敵、裏の山より

三千餘騎のさか落しに
平家の一門驚きあわて
屋島をさして落ちてゆく

義経：なかなかいい歌だ。
北村：そうした激しい戦いにも、いかにも日本人好みのエピソードが残っています。
義経：どんなエピソードかな。
北村：熊谷直実と平敦盛の話です。
義経：敦盛というのは、たしか清盛の弟である経盛の末っ子だったな。
北村：そうです。合戦で一番乗りをした熊谷直実は、馬に乗って海に入り、沖の船へ逃れようとする平家の若武者を見つけ、
「敵に背を向けるのは卑怯であろう。戻りなされ」
と呼びかけます。
若武者はこれに応じて陸へ引きかえして直実と戦うが、いとも簡単に直実に組み伏せられてしまいます。自分は十六歳の敦盛と名乗った若武者を見て、直実は自分にも十六歳の息子がいるので憐れに思って逃そうとしますが、他の源氏の武者が迫ってき

ているので逃れることはできないと思い敦盛を討ちとります。

義経：そんな出来事があったのか。

北村：武士の無情を悟った直実は、高野山で出家しました。

義経：直実が出家した話は、わたしも知っているが、わたしが聞いた話では直実は所領を巡る訴訟に敗れたことで出家したと聞いている。

北村：そのことは『吾妻鏡』にも書いてあります。

義経：そうなのか。もっとも出家の理由などどちらでもいい話だと思うよ。

北村：一の谷の合戦のあとで後白河法皇は、捕虜になった重衡と三種の神器を交換しようとしますが、総大将の平宗盛はこれを拒絶します。

義経：一ノ谷の戦いで捕虜になった重衡のことはよく知っている。重衡は南都焼き討ちで知られている清盛の六男だ。

北村：そうです。重衡は清盛がまだ生きていた一一八〇年に南都の興福寺や東大寺を焼き討ちしています。重衡の南都焼き討ちは成功したようにみえましたが、平家は南都の寺院に完全に見放されることになります。これ以後、奈良の寺院は平家を仏敵として敵対することになります。

義経：南都焼き討ちは平家が犯した失敗だった。清盛には気の毒なことにろくな子どもがいなかったようだ。

北村：鎌倉に連れてこられた重衡は、鼓を打って今様を歌う工藤祐経と一緒に横笛を吹きました。

義経：平家は武士というよりは公家だった。

北村：重衡は言葉も芸能も優美ですという報告を受けた頼朝は感激して、平家一族の冥福を祈るようにと、重衡に阿弥陀如来を与えました。鎌倉市大町にある「中座山 教恩寺」の本尊である阿弥陀如来は運慶の作ですが、重衡にゆかりがあるものだと伝えられていますが、真偽のほどはわかりません。

義経：そのことも聞いたことがある。

北村：いろいろなエピソードを残した一の谷の合戦ですが、平家を滅ぼすための戦いは屋島へと移ります。

義経：そうなのだ。平家との戦いはまだ終わっていないのだ。

北村：それでは屋島の戦いについて伺います。

義経：わかった。

北村：屋島の戦いは一一八五年二月一六日に讃岐の屋島（現在の高松市）で行われた戦いです。一一八三年に屋島に本拠を置いた平家は、総大将の平知盛のもとに長門（現在の山口県）の彦島（現在の下関市）にも拠点を置いていました。有力な水軍によって瀬戸内海の制海権を握っていた平家に対し、源氏は水軍を持っていなかったために休戦状態が続いていました。

北村：その間に後白河法皇は安徳天皇の弟である尊成親王を三種の神器がないまま即位させています。その天皇が後鳥羽天皇です。

義経：そうしたなかわたしたち源氏は西国への出兵が必要だった。一ノ谷の戦いのあと範頼は鎌倉へ帰り、わたしは頼朝の代官として京に留まっていたので、頼朝はわたしを総大将として平家を討伐したいという意見を後白河法皇に奏請した。

北村：あなたがおっしゃるように、あなたが平家討伐の指揮をとることが決まっていましたが、七月に入ると伊賀（現在の三重県）と伊勢（現在の三重県）に潜伏していた平家の残党が蜂起した三日平氏の乱が起きたため、あなたはこれを鎮圧するのに専念することになります。そのため頼朝は山陽道の総指揮者を範頼に変更します。

義経：わたしにとってはとても悔しい出来事だった。

北村：範頼は大軍を率いて山陽道を進軍して九州へ渡ります。

義経：こうしたことを背景にして、わたしは後白河法皇より検非違使に任じられた。

北村：『吾妻鏡』にはあなたが頼朝の許可なく無断で検非違使に任官したことで、頼朝が怒って平家追討から外したと書いてあるので、これが定説になっています。

義経：この件については、改めて詳しく話したいと思うが、その定説は真っ赤な嘘なのだ。

北村：わかりましたので、ここでは話を屋島の戦いに戻します。追討使に任じられた範頼は八月二十七日に京に入り、九月一日に三万の兵を率いて九州へ向かいます。範頼の軍は十月に安芸（現在の広島県）に達し、いったんは長門（現在の山口県）に進出しましたが、平家が長く伸び切った戦線を攻めたので、兵糧を調達することができなくなります。

義経：兄貴の範頼は戦があまり上手じゃなかったからな。

北村：将兵の間に厭戦気分が広まった範頼の軍勢は崩壊の危機に陥ります。範頼から窮状を訴える書状を受け取った頼朝は焦ります。

義経：そうしたなかで、わたしは後白河法皇に引き立てられ、九月には従五位下に昇り、十月には昇殿を許された。

北村：一一八五年一月、豊後（現在の大分県）と周防（現在の山口県）の豪族から兵糧と兵船を調達した範頼は反撃に転じますが、兵船が不足して彦島の知盛を衝くことができませんでした。

義経：わたしは後白河法皇に西国への出陣を奏上して許可をもらった。わたしは摂津（現在の兵庫県）の水軍である渡辺党と熊野水軍、さらに河野通信の伊予水軍を味方につけることに成功した。

北村：これで平家の水軍に対抗できるようになったわけですね。

義経：いよいよ出陣という二月十六日に後白河法皇の使者が来て、大将が先陣となることはないからと京へ戻るようにいわれたわたしは、

「自分は先陣となって討ち死にする覚悟があります」

と決意を述べた。

北村：あなたは後白河法皇の制止を振り切って出陣したのですね。このころ範頼が九州から引き上げるという話があって、平家を勢いづかせることになりそうでした。

義経：わたしは一刻も早く平家を攻めたかった。

北村：『平家物語』によれば、あなたは出陣するにあたり、頼朝から任命された戦奉行の梶原景時と軍議を開きます。景時は船の進退を自由にするために逆櫓を付けることを提案しますが、あなたは、

「逆櫓を付ければ兵は退きたがり不利になる」

といって反対します。景時は、

「進むのみを知って、退くことを知らぬは猪武者である」

と言い放ちますが、あなたは、

「はじめから逃げ支度をして勝てるものか、わたしは猪武者で結構である」

と言い返します。いわゆる逆櫓論争です。

義経：当たり前だろう。わたしの意見が軍事的にも正論なはずだ。

北村：あなたのおっしゃる通りでしょうが、このことに遺恨をもった景時は、のちに頼朝に讒言《ざんげん》し、そのことがあなたの没落につながったといわれています。

義経：景時は範頼と行動をともにしていたのだから、それは絶対にないと思う。

北村：あなたの言う通りかもしれません。『吾妻鏡』には、あなたのおっしゃる通り、景時は範頼と行動していたと書いていますから、『平家物語』に書かれた逆櫓の話は作り話の可能性がありますね。

義経：わたしは二月十六日の夜、嵐のなかをわずか五艘の船に乗った一六〇騎の兵で阿波（現在の徳島県）に向かった。船頭や舵取りは強風で船を出すことに反対したが、わたしは強引に船を出させた。嵐のおかげで三日はかかるところを四時間ほどで阿波（現在の徳島県）の勝浦（現在の小松島市）に着いたというわけさ。

北村：すごい話ですね。

義経：屋島は独立した島になっていたが、干潮のときは騎馬で島へ渡れることがわかったので奇襲することを決意した。

北村：今回も騎兵による奇襲というわけですね。

義経：わたしは二月一九日の早朝、兵が少ないことを悟られないために白旗を多数立て大軍の襲来と見せかけた。

北村：平家は海上からの攻撃を想定していたようですね。

義経：わたしが早朝に陸上から奇襲したので、平家の軍勢は狼狽して船で海上へと逃れた。わたしの手兵が意外に少ないことを知った平家は、船を岸に寄せて激しく矢を仕掛けてきた。

北村：『平家物語』によると、平家の猛攻に危うくなったあなたを守るために佐藤継信が盾となりましたが、平氏随一の弓の名手である平教経に射られて討死しました。

義経：奥州から一緒に戦ってきた継信の死はショックだったが、わたしは瓜生ヶ丘に陣を敷いた。

北村：瓜生ヶ丘はいまでは「源氏が丘」と呼ばれています。

義経：わたしの兵たちは二晩も寝ずにいたが、運がよいことに平家は夜襲をかけてこなかった。

北村：二十日は総門前の浜を中心に戦いが続きましたが、平家は伊予（現在の愛媛県）から援軍が来ることを悟られないよう、意図的に攻めては引くという戦法をとったようです。

義経：翌二十一日になると、平家は北から回り込んで、わたしの背後をつこうとしたが、わたしはこれを撃退した。この作戦に失敗した平家は、源氏の大船団が屋島に向かっていることを知って西の方に後退していった。

北村：あなたの活躍で平家は屋島の戦いに敗れたわけです。屋島を失った平家が制海権を失った結果、源氏の水軍が瀬戸内海に侵入することになります。すでに範頼の大軍に九州を押さえられていた平家は、彦島に孤立することになります。あなたは最後の決戦である壇ノ浦の戦いに臨むことになります。

義経：その通りだ。

北村：この屋島の戦いでも、後世に残るエピソードが起きました。ひとつは『平家物語』の「弓流し」のエピソードです。脇に挟んでいた弓を落としたあなたが、自分が弱い弓を使っていることを平家に知られないために、命がけで弓を拾い上げたというのです。

義経：いったい何のことだ。わたしはそのようなことはしていない。弓の強さなどにまったく興味がなかった。『平家物語』もくだらない作り話を書くものだ。
北村：そうですか。あなたは戦略にしか興味がないわけですね。
義経：その通りだ。
北村：もうひとつは那須の与一のことです。
義経：その話ならよく覚えている。戦いの最中に、扇を持った女官が乗っている船が現れ、扇を的にして射させようとした。もしも外したら源氏の名折れになると思って、わたしは手だれの武士である畠山重忠に命じたが、重忠が辞退したので那須十郎を推薦した。十郎も辞退したので、弟の那須与一が引き受けた。
北村：『平家物語』の名場面になっている「扇の的」によると、与一は海に馬を乗り入れ、弓を構え、「南無八幡大菩薩」と神仏の加護を唱え、もしも射損じたら腹をかき切って自害せんといって鏑矢を放ちます。矢は見事に扇を射抜き、扇は空に舞い上がりました。
義経：矢が当たった瞬間はよく覚えている。与一はたいした男だと思ったよ。
北村：平家の武将たちは船端を叩いて感嘆し、陸の源氏は矢筒を叩いてどよめきました。これを見ていた平家の武者が、輿に乗って扇があったところで舞いはじめます。あなたはこれも射るように命じ、与一はこの武者を射抜きました。

義経：そんなこともあったな。

北村：いずれにしても屋島の戦いは圧倒的な勝利に終わり、あなたはいよいよ平家との最終的な決戦に向かいます。

義経：栄華を誇った平家との最後の戦いは、一一八五年に長門（現在の山口県）の壇ノ浦で行われた。

北村：屋島の戦いに敗れた平宗盛は安徳天皇を奉じて彦島に逃れます。平家は五〇〇艘を擁する水軍をもっていました。それに対して、あなたの水軍は八四〇艘でした。

義経：すでに言ったように、伊予（現在の愛媛県）の河野水軍と播磨（現在の兵庫県）の渡辺水軍、さらに紀伊（現在の和歌山県）の熊野水軍をこちらの味方につけたのだ。この一連のことについては、われながら上手くいったと思ったよ。

北村：そうですね。

義経：合戦がはじまる前の軍議で嫌なことが起きた。軍監の梶原景時が先陣になることを望んだのだ。わたしは自ら先陣に立つことにした。景時は、
「大将が先陣になるなど聞いたことがない。将の器ではない」
と主張した。

北村：またもや景時ですか。

義経：そうなのだ。景時とは斬りあい寸前になったが、わたしは自分の考えを押し通させてもらった。

北村：これが景時の頼朝への讒言となり、あなたの没落になったといわれています。

義経：そうかもしれないが、平家との最後の戦に勝つために当たり前のことをしただけだと思っている。

北村：一方の平家は総大将の宗盛の弟である知盛が指揮をとることになります。知盛は安徳天皇や平家の本営が置かれる大型の船に兵を潜ませ、源氏の兵船を引き寄せたうえで包囲するという作戦を立てていたようです。

義経：相手の作戦など気にしていなかった。攻め寄せるわたしの水軍に対し、知盛が率いる平家の水軍は彦島を出撃し、三月二十四日の正午ごろに関門海峡の壇ノ浦で戦闘がはじまった。

北村：陸上では範頼が三万を超える兵力で平家の退路を抑え、岸から矢を射かけてあなたを支援しました。

義経：関門海峡は潮の流れの変化が激しかったが、これを熟知していた平家は、早い潮の流れに乗って矢を射かけてきた。われわれは海戦に慣れていないので押され気味だった。勢いづいた平家は一気にわたしを討ちとるべく攻めかかってきた。

北村：あなたにもピンチがあったわけですか。
義経：そうなのだ。形勢不利になったわたしは、敵の水手や梶取を射るよう命じた。
北村：当時の海戦では非戦闘員である水手や梶取を射ることは禁じ手でしたが、あなたはあえて掟破りをしたのですね。
義経：その通りだ。戦に勝つのに禁じ手などあるわけがない。
北村：いろいろな意見がありますが、あなたのおっしゃる通りだと思います。
義経：この戦法が当たって、それまで不利だった形勢が変わりはじめた。そうこうするうちに潮の流れが反転してきたので、わたしはそれに乗じて猛攻撃を仕掛けた。平家の水軍は壊乱状態になって勝利がみえてきた。
北村：知盛は建礼門院や二位尼たちが乗っている船に乗り移ると、
「見苦しいものを取り清め給え」
と言いながら掃除をはじめます。これを見た二位尼は死を決意して、幼い安徳天皇を抱き寄せます。安徳天皇が、
「どこへ連れてゆくの」
と聞くと、二位尼は、
「弥陀の浄土へ参りましょう。波の下にも都がございますよ」

と答え、あっという間に海に身を投じます。二人に続いて建礼門院をはじめとする平家一門の女たちが次々と海に身を投げました。平家の武将たちも覚悟を決めて、教盛、経盛、資盛、有盛、行盛たちが海に身を投げました。

**義経**：その通りだ。総大将の宗盛も入水したが、命を惜しんで浮かび上がってきたところを捕虜にした。

**北村**：その後も平教経は鬼神の如く戦って多くの坂東武者を討ちましたが、知盛が、すでに勝敗は決したのだから、罪作りなことはするなと伝えます。それならばあなたを道連れにしようとした教経は、あなたが乗っている船を見つけて乗り移りましたが、あなたは船から船へと飛び移り、去ってしまいます。世にいうところの義経の「八艘飛び」です。

**義経**：教経の向こう見ずな行動にはいささか驚いたが、やっとの思いで逃げることができた。教経はわたしの部下を組み抱えたまま海に飛び込んでしまった。

**北村**：知盛は、

「見届けねばならぬことは見届けた」

と言い残すと、鎧を着たまま入水した。

**義経**：知盛は平家に似合わない勇敢な男だった。

北村：こうして夕方の四時ごろに戦いは終わり、半世紀にわたる平家の支配は幕を閉じたわけです。平時忠の「平家にあらずんば人にあらず」という有名な科白にあるような栄華をきわめた平家は完全に滅亡しました。

義経：時忠といえばわたしと不思議な縁がある。壇ノ浦で捕虜となり京に連れていかれた時忠は、三種の神器の一つである神鏡を守った功績により減刑された。それだけでなく時忠の娘である蕨姫はわたしの妻になった。

北村：時忠が娘をあなたに嫁がせたのは、あなたの庇護を得ようとしたためだったといわれています。

義経：いろいろと言われても仕方がないが、わたしが時忠の娘に惚れただけのことだ。そうした邪推はやめてほしいものだ。

北村：『平家物語』の冒頭に、

「祇園精舎の鐘の声、諸行無常の響きあり。沙羅双樹の花の色、盛者必衰の理をあらはす」

とありますが、まさにその通りになったわけです。

義経：『平家物語』は平家が滅んでから書かれたものだから、

「盛者必衰の理をあらはす」

と書いたのだろう。それにしても平家に勝つまでは本当に長くて大変だった。正直にいうとなんとか勝ててよかったというのが正直な気持ちだ。

**北村**：いずれにしても平家の繁栄はあなたの活躍によって終わり、七〇〇年近く続いた武士の時代がはじまったわけです。

# 第三章　頼朝との相克

北村：あなたと頼朝との関係について伺いたいと思います。
義経：兄貴のことはあまり話したくないな。
北村：その気持ちはよくわかりますが、今回はぜひともあなたの本心を教えてほしいと思っています。
義経：わたしは兄貴と思っていたが、兄貴は私を弟でなく御家人の一人と思っていたようだ。あれは一一八一年に行われた鶴岡八幡宮の上棟式のときのことだった。わたしは兄貴から馬の口取りを命じられた。わたしは家来でなく身内という意識があったのできっぱりと断ったら、兄貴は血相を変えて激怒した。わたしはしぶしぶ引き受けたが、本心をいわせてもらうと納得できなかった。
北村：あなたと頼朝は、はじめは仲が良かったようですが、平家が滅んだころから頼朝はあなたに対する態度を急変させたようです。

義経：はじめは仲が良かったなんて、どこのだれがいっているのかな。

北村：だれがというよりも、日本史の専門家の間で常識とされています。さらに、頼朝は有能な政治家ですが、あなたは政治的才能のない単純な軍人というのが定説になっています。

義経：どういう意味かな。

北村：武家政権を目指していた頼朝にとって、後白河法皇から官位をもらって喜んでいるあなたが許せなかったということになっています。

義経：わたしは官位をもらったからといって、とくに喜んだということはまったくなかったつもりだった。

北村：頼朝にしてみれば、平家との激戦に勝利したことに浮かれていたあなたが、鎌倉に無断で朝廷から任官を受けたことは、武家政権の根幹に関わる重大案件であることに気がついていなかったというのです。三種の神器を奪還できなかったことも政治家としては失敗だったとされています。

義経：そういうことになっているのか。日本の歴史家なんて、本当にいい加減な連中しかいないようだな。兄貴ははじめからわたしのことが嫌いだったのだ。兄貴だけでなく、あの女もわたしを嫌っていた。

北村：あの女って、まさか頼朝の妻の北条政子じゃないですよね。
義経：そのまさかだ。あの女というのは政子のことだ。
北村：政子はあなたにとって義理の姉じゃないですか。
義経：だからどうしたっていうのだ。本心を言わせてもらうと、あんな女を結婚相手に選んだ兄貴の気が知れないよ。
北村：そういうことだったのですか。政子は頼朝の死後、幕政の実権を握って「尼将軍」と呼ばれていました。
義経：尼将軍とは大げさなことだ。
北村：一二二一年に後鳥羽上皇が「承久の乱」を起こしたとき、政子は御家人たちに一世一代の演説を行います。政子は後家人を前に、
「頼朝公が鎌倉幕府を開いて以降、あなたたちは幸せに暮らせるようになりましたね。これはすべて源頼朝公のおかげで、その恩は山よりも高く海よりも深いのです。朝廷は幕府を討伐するという命令を出しました。わたしたちがするべきことは幕府を守り抜くことです。朝廷側に付きたい者は、いまここで申し出なさい」
と語りかけます。
義経：いかにもあの女のやりそうなことだ。

北村：この政子の言葉で御家人たちは一致団結して朝廷に立ち向かいました。『吾妻鏡』は政子のリーダーシップを絶賛しています。

義経：その『吾妻鏡』という怪しげな歴史書は、どうせ北条の連中が作ったものに違いない。歴史は勝者によって作られるのだからな。

北村：『東鑑』とも呼ばれる『吾妻鏡』は鎌倉時代に成立した歴史書で、初代将軍の頼朝から第六代将軍宗尊親王までの将軍記という構成になっています。あなたがおっしゃるように当時の権力者である北条氏が中心となって編纂したものです。

義経：そうだろう。そうじゃなかったら、あの女を褒めたたえるわけがない。それにしても自ら進んで朝敵になった政子は本当に怖い女だ。

北村：あなたのおっしゃる通りかもしれません。政子が朝敵とは思ってもいませんでした。それにしてもあなたの歴史観は厳しいですね。

義経：わたしも兄貴とあの女に朝敵にされたから言えるのだ。

北村：そうでしたね。あなたも朝敵にされたのでしたね。

義経：朝敵にされたときは本当に辛くて悲しかった。朝敵にされたことからみれば、兄貴に追放されたことなど屁でもなかった。

北村：テロリストの集団だった幕末の長州が朝敵になったとき、長州は御所に向けて弓を引きました。御所の蛤御門にはいまでもそのときに受けた鉄砲の跡がしっかりと残っています。

義経：そうだったのか。長い歴史のなかで、本気で朝廷に弓を引いたのは政子だけじゃなかったわけか。

北村：朝廷を尊崇する気持ちなどさらさらないのに「尊王」を唱え、自らを「勤王の志士」と名乗った長州の連中の図々しさには言葉もありません。

義経：どうして長州の連中は朝廷に弓を引いたのかな。

北村：それは権力を手に入れるためです。実際、武力で徳川幕府を滅ぼして明治時代になると長州は実権を握ります。長州の伊藤博文は明治政府の総理大臣、井上馨は内務大臣になっています。

義経：それでは長州は政子と同じじゃないか。私利私欲のために朝敵になった政子も長州も同じ穴の貉ということになる。

北村：そうかもしれませんね。

義経：ところで、戦に敗れた後鳥羽上皇はどうなったのかな。

北村：隠岐の島に流されました。

義経：隠岐といえば出雲（現在の島根県）の沖に浮かぶ小さな島の隠岐のことか。

北村：そうです。

義経：それはひどい話だ。どうせあの女と北条の連中が決めたことだろう。あの女だけでなく、あの女の親父と弟もじつに嫌な奴だった。

北村：親父と弟というと時政と義時のことですか。

義経：その通りだ。承久の乱の話を聞いて、わたしの思いが正しかったことがわかった。わたしは鎌倉にいたときから、兄貴は北条の連中に利用されているだけじゃないかと思っていた。

北村：日本では三つの幕府がありますが、室町幕府は足利幕府、江戸幕府は徳川幕府とも呼ばれていますが、源頼朝が創設した鎌倉幕府は源幕府にはなりませんでした。源氏の血筋は頼朝が死んだあと、たった三代で途絶えてしまったのです。その後は北条氏が執権になって支配したのです。

義経：鎌倉幕府は北条氏の連中に乗っ取られたわけか。

北村：そういってもいいのかも知れません。鎌倉幕府の顛末に触れるまえに、あなたが愛した静御前について伺いたいと思います。あなたは国民的な人気者であると申しましたが、静御前の人気もあなたに劣らないようです。

義経：どうして静はそんなに人気があるのかな。

北村：静御前の人気はあなたの人気とセットなのかもしれません。
義経：静の人気について話してくれないか。
北村：わかりました。静御前は現在の丹後市で禅師の娘として生まれたといわれています。
そこには静御前誕生の記念碑が立っています。
義経：その地に一度は行ってみたかった。
北村：京の都に日照りが続いたとき、後白河法皇は神泉苑の池で一〇〇人の僧に読経させましたが効果がなかったので、一〇〇人の白拍子に舞わせ雨を祈らせます。そのとき静が舞うと黒雲が湧きでて雨が三日間も降りました。後白河法皇は静御前に「日本一」の宣旨を賜ったようです。
義経：そういえばわたしが静と知りあったのも住吉での雨乞いのときだった。私は一目で静を気に入ってしまった。俗にいう一目ぼれというやつだ。
北村：一目ぼれだったのですか。
義経：そのあとはいつも静と一緒だった。
北村：平家が滅んだあと、静御前は兄の頼朝と対立したあなたと一緒に大物浜（現在の尼崎市）から船で九州へ向かいますが嵐に遭ってしまいます。あなたに同行するものは弁慶と静御前のほかに数名になってしまいます。

義経：あの嵐には参ったよ。その後、吉野までは一緒に逃げたが、どうしようもなくなってそこで静と別れたわけだ。

北村：あなたと別れた静御前は京へ戻ろうとしましたが、その途中で捕らえられてしまいます。その後、京の北条時政に引き渡された静御前は、一一八六年三月に母の磯禅師とともに鎌倉に送られます。

義経：そうか、静は鎌倉に連れていかれたのか。

北村：鎌倉に着いた静御前に対し、すぐに取り調べがはじまったようです。静御前は頼朝から鶴岡八幡宮で舞うように命じられますが、体調不良などを理由に断っていました。

義経：そうした晴れの場に出るのは恥辱であると思っていたのだろう。

北村：ところが政子がしゃしゃり出てきて、

「天下の舞の名手がたまたまこの地に来て、近々、京に帰るのに、その芸を見ないのは残念である。頼朝さまではなく八幡宮に捧げるために舞ってくれませんか」

とわがままを言ったので、断りきれなくなります。

義経：またあの女が余計なことをしたわけか。

北村：四月八日に鶴岡八幡宮で白拍子の舞いを披露したとき、静御前は、

「しづやしづ しづのをだまき くり返し 昔を今に なすよしもがな」

「吉野山 峰の白雪 ふみわけて 入りにし人の 跡ぞ恋しき」

　とあなたを慕う和歌を謡いながら舞います。頼朝はこの和歌の内容に激怒しますが、政子が、

「私が静御前の立場であっても、あのように謡うでしょう」

　と取り成したことで、事なきを得たといわれています。

**義経**：その話は平泉にいたわたしのもとにも伝わってきた。兄貴に静の舞をねだったあの女が取り成したなんて考えられない。本当にひどい話だ。

**北村**：その後、五月十四日には工藤祐経、梶原景茂、千葉常秀といった御家人たちが、酒を持って静御前の宿所に押しかけました。磯禅師が舞を舞うと、酒に酔った景茂から艶言を投げかけられます。静御前は泣ながら、

「義経さまは鎌倉殿の御兄弟、私はその妾です。御家人の身分でどうして普通の男女のことのように思われるのか。義経殿が落ちぶれていなければ、あなたごときは対面することさえできないはずなのに。ましてやそのような艶言などもってのほかです」

　と叱責しました。

**義経**：そんなこともあったのか。本当に許せない話だ。

**北村**：このとき静御前はあなたの子ども宿していましたが、頼朝は、

「女なら助けるが、男なら殺すように」
と命じます。静御前は男の子を産みます。あなたの嫡男は鎌倉に送られ由比ヶ浜に沈められました。しばらくして静御前と磯禅師は京に帰されましたが、その後の静御前の消息は不明です。

義経：そうだったのか。静には本当に悪いことをしたと思っている。少なくとも清盛の周りには、わたしや兄貴の助命をしてくれた池禅尼や清盛の長男である重盛といった人物がいたが、兄貴の周りにはわたしの子どものために助命してくれる人間がひとりもいなかったわけだ。わたしや兄貴の命を助けてくれた清盛の方が人間らしいと思うよ。

北村：もっとも静御前に関する記録があるのは『吾妻鏡』だけで、当時の貴族の日記などには静御前の話はまったくありません。あなたがおっしゃるように源氏から権力を奪った北条氏が編纂した『吾妻鏡』に書かれていることには疑問があり、こうした静御前の舞の話は、源氏を否定して政子を礼賛する立場によったものであるという見方もあります。

義経：あの女ならやりそうなことだ。

北村：それよりも静御前の人気が高い証拠に、静御前に関するエピソードは日本中に存在しているのです。

義経：それはとても興味がある。

北村：静御前の死については、いろいろな伝承がありますが、はっきりしたことはわかっていません。ここからは嘘か本当かわからない話として聞いてください。

義経：わかった。

北村：静御前はあなたのいる奥州に向かい、その途中で現在の宇都宮市に立ち寄ったというのです。その宇都宮市の鏡ヶ池に「亀井の水」があります。静御前のお供だった亀井六郎が槍で地面を突いたときに湧き出たのが「亀井の水」といわれ、静御前がその水で喉の渇きをいやしたといわれています。

義経：亀井六郎が付き添ってくれたのか。本当にありがたいことだ。

北村：さらに日光道を北上すると「静さくら」があります。「静さくら」は奥州へ向かう途中で義経が衣川で討死したことを知った静御前があなたにもらった桜の杖を地にさしたものといわれています。ちなみに「静さくら」の近くには亀井六郎の墓もあります。

義経：静はわたしがあげた桜の枝を持っていたのか。

北村：埼玉県久喜市の栗橋には、静御前の墓といわれる「静女の墳」があります。そこには「しずか桜」が植えられています。「しずか桜」の原木は宇都宮市にあった「御前桜」といわれています。

義経：静のお墓があるのなら、一度は行ってみたいものだ。

北村：静御前の供養塔は岩手県宮古市にある鈴ヶ神社の鳥居の近くにあります。この鈴ヶ神社は静御前を祀る神社として本州の最北端にあります。あなたが平泉を抜け出して蝦夷地に渡ったといわれている経路にあり、静御前はここで義経の子を出産しようとしましたが、難産で母子ともに亡くなったといわれています。

義経：いくらなんでもその話は信じられない。

北村：茨城県古河市の栗橋には、静御前が行き先を思案したとされる「思案橋」という橋があります。かつてこの地にあった高柳寺（現在の光了寺）には「巌松院殿義静妙源大姉」という静御前の戒名がありました。過去帳には一一八九年の九月十五日に他界したという記録があります。

義経：そんなところまで静が来ていたのか。

北村：この伝説によると、静御前はあなたの死を知って高柳寺で出家しましたが、旅の疲れから病になり亡くなったとされています。栗橋駅には静御前の墓と一九二九年に建立された「義経招魂碑」と、生後すぐに殺された男児の供養塔があります。毎年九月十五日には「静御前墓前祭」と称する追善供養が行われ、十月には「静御前まつり」

が行われています。

義経：その話には驚くしかない。

北村：淡路市の志筑には、かつて「しづの郷」と呼ばれた地があります。静御前は鎌倉であなたとの子を殺されますが、頼朝の妹の夫である一条能保に預けられ、一条家の荘園が志筑にあったためこの地に隠れ住み四十七歳で没したといわれています。

義経：今度は淡路島か。

北村：そのほかにも磯野禅尼の里である奈良県大和高田市には、静御前が母の里に戻って生涯を終えたとする伝説が伝えられています。新潟県長岡市にも、静御前のものと伝えられるお墓が存在します。二〇〇五年の大河ドラマ『義経』では、このお墓を紹介しました。

義経：静はいったい何度死んだらいいのかな。

北村：驚かないでください。まだまだありますよ。福島県郡山市には、義経の訃報を聞いた静御前が身を投げたといわれる「美女池」と、その供養のために建立された「静御前堂」があります。静御前堂前の大通りは静御前通りと呼ばれています。

義経：静が身投げをしたというのか。

北村：長野県大町市の大町には、二〇二一年六月に倒れてしまいましたが、奥州と大塩を間違えてたどり着いた静御前がそこで亡くなり、そのときに地面に刺さった杖から芽吹いたという「千年桜」ともいわれている「静の桜」がありました。

義経：まだあるのか。

北村：そうです。奈良の薬師寺には「勧融院静図妙大師」という静御前の戒名を記した墓があります。香川県東かがわ市には、愛児を殺され静御前は自殺を考えたが、母の故郷である讃岐（現在の香川県）に母と共に帰っています。長尾寺で得度を受け「宥心尼」と名を改めた静御前は、その地で二十四歳の短い生涯を終えています。

義経：本当に神出鬼没といったところだな。

北村：長尾寺には静御前が剃髪したときに使用したとされる剃刀を埋めた剃髪塚がありますし、吉野山で義経から形見としてもらった「初音の鼓」を棄てたとされる「鼓ヶ淵」があります。

義経：静に形見として「初音の鼓」をあげたことは覚えている。

北村：大分県湯布院にも静御前の供養塔といわれる「国東塔」がありましたが、大正時代になって京都の白沙村荘に移設されました。

義経：静がこんなに人気があるとは知らなかった。どこか嬉しい気分になった。面白い話を聞かせてくれ感謝している。

北村：話を少し前に戻しましょう。一一八〇年八月十七日に源氏の再興を目指して挙兵した頼朝は関東を平定し、一一八〇年十月には鎌倉に入ります。その後、十月二十日に富士川の合戦で平家を敗走させ、その翌日に黄瀬川八幡に本営を置きます。そのときに奥州平泉から掛け付けたあなたと対面をしています。黄瀬川八幡の境内には、いまも兄弟が腰を掛けたという「対面石」が残されています。

義経：黄瀬川で兄貴と面会したときは本当に嬉しかった。人生で一番のときだったといってもいいくらいだ。

北村：その後、あなたは平家を滅ぼしたわけです。そこで三種の神器のことを伺います。壇ノ浦で敗れて入水した建礼門院は助け上げられ、三種の神器の八咫鏡《やたのかがみ》と八尺瓊勾玉《やさかにのまがたま》は回収されましたが、天叢雲剣は二位尼とともに入水した安徳天皇と一緒に海に没しました。

義経：天叢雲剣が手に入らなかったのは仕方がなかった。なにしろ海の底に沈んでしまったのだからどうしようもなかった。

北村：あなたは、建礼門院と救出された安徳天皇の異母弟である守貞親王を伴って、京に凱旋しました。

義経：あのときは嬉しかった。なにしろ長年の念願だった平家の滅亡を果たしたのだ。

北村：ところが、あなたが後白河法皇から検非違使に任命され、平時忠の娘を娶ったことを知った頼朝は激怒しました。

義経：時忠の娘と結婚したのはまずいと思うが、検非違使に任命されたことはいまでも後悔していない。検非違使の任命権は兄貴でなく後白河法皇にある。まさか兄貴が怒るとは思っていなかった。

北村：それでも頼朝はあなたが鎌倉に帰還することを禁止します。

義経：意味不明の処置だと思う。

北村：九州に残っていた梶原景時が送った書状に書かれた、平家との戦いにおけるあなたの驕慢と専横について頼朝はさらに激怒します。

義経：わたしは兄貴が怒っているわけがよくわからなかった。わたしがいなかったら平家を滅ぼすことなどできなかったはずだ。兄貴は怒っているというよりも、わたしに嫉妬しているとしか思えなかった。

北村：そうですか。頼朝は猜疑心が強かったといわれていますが、猜疑心でなく嫉妬ですか。あなたにそういわれたら、そんな気がしてきました。

義経：その後、兄貴の命令に反して宗盛と清宗の父子を護送する名目で鎌倉へ向かったが、鎌倉の手前の腰越で足止めされてしまい、宗盛と清宗だけが鎌倉へ送られた。わたしは詫び状を書いて兄貴に送った。
北村：その詫び状は「腰越状」と呼ばれていて、いまでも鎌倉の満福寺に残っています。
義経：それは兄貴に送った詫び状の下書きだ。
北村：頼朝はあなたのことを許さないで、六月に宗盛父子とともに京へ追い返します。宗盛父子は京に帰還する途中の近江（現在の滋賀県）で斬首されます。
義経：いかにも兄貴がやりそうなことだ。
北村：その後、頼朝は梶原景季を京に派遣し、あなたの動向を探らせています。景季は京に到着するとすぐにあなたを訪ねますが、あなたが病気だったので対面はできなかったようです。
義経：わたしは仮病などという卑怯な手段を使ったことはない。
北村：あなたが仮病を使ったと判断した頼朝は、あなたを討つことを決意し、十月九日に土佐坊昌俊を刺客として京に送り込みました。あなたを追討することについて、ほとんどすべての御家人が辞退しますが、土佐坊昌俊は自らその役を買って出たといわれています。
義経：昌俊がわたしの邸を襲撃してきたのは十月十七日だった。わたしは昌俊をあっさりと敗走させた。

北村：土佐坊昌俊は鞍馬山に逃げ込みますが捕らえられて、十月二十五日に六条河原で斬首されました。

義経：まさか兄貴がわたしを殺そうとするとは思っていなかったので驚いたよ。わたしは、すぐに後白河法皇に報告した。後白河法皇はその翌日に兄貴を追討する宣旨をくださった。

北村：あなたは土佐坊昌俊の襲撃を察知していたという説もあります。また、この襲撃はあなたを暗殺しようとしたものではなく、あなたを徴発するための頼朝の作戦だったという説もあるようです。

義経：わたしを挑発するために、兄貴がこのようなややこしいことをするわけがない。わたしを殺すつもりだったのだろう。

北村：いずれにしても、土佐坊昌俊の襲撃はあなたと頼朝の対立を決定的にしました。

義経：その通りだ。兄貴がわたしを殺すというのなら、こちらも本気にならなければやられてしまうからな。

# 第四章　鎌倉幕府の正体

北村：あなたが失脚したあとの鎌倉幕府には凄まじい粛清の嵐が吹きまくります。最初の犠牲者は源義朝の六男で源頼朝の異母弟だった源範頼です。範頼はあなたと一緒に平家を滅ぼすことに尽力しました。

義経：範頼は戦いこそ上手でなかったが、わたしにとってはいい兄貴だった。

北村：一一八九年の奥州合戦にも参戦した範頼は、源氏の一門として鎌倉幕府でも重きをなしていました。一一九三年五月に頼朝は富士裾野の巻狩りをしますが、五月二十八日の夜半に曽我十郎と五郎の兄弟が工藤祐経を討つという出来事が起きます。世にいう曽我兄弟の仇討ちです。

義経：仇討ちといえば、わたしは範頼兄貴と一緒に平家に対する仇討ちを果たしたことが懐かしい。

北村：そんな悠長な話ではありません。このとき鎌倉に「頼朝も討たれた」という誤報が

伝わります。それを聞いて心配する政子に対して範頼は、

「私がいるから心配ない」

と言いました。

義経：あの女にそんなことを言ったら危険だ。

北村：その通りです。鎌倉に戻って政子から、そのことを聞いた頼朝は範頼の謀反を疑います。曽我兄弟の仇討ちから二ヵ月ほどが過ぎた八月二日、頼朝に謀反の疑いをかけられた範頼は、頼朝に誓の起請文を提出します。

義経：わたしが腰越状を書いたときと同じだな。

北村：その起請文の署名が三河守源範頼となっていたことについて、頼朝は源の文字を使うのは、源家の一族と思っているのだろうが、思い上がりもはなはだしいと激怒します。もっとも『吾妻鏡』には、頼朝が範頼の謀反を疑った理由についてはまったく書かれていません。

義経：わたしが書いた腰越状のときと同じやり口だ。

北村：そのことを聞いた範頼は慌てふためきます。

義経：ひどい言いがかりだ。

北村：範頼が起請文を提出したのに音沙汰がなかったので、頼朝の本心を確かめようとし

た範頼の家人である当麻太郎が、八月十日に頼朝の寝所の床下に忍び込みますが、感づかれて捕らえられます。

**義経**：範頼兄貴は罠にはめられたようだな。

**北村**：範頼は八月十七日に伊豆の修禅寺に幽閉されます。その後の範頼がどうなったのか『吾妻鏡』には書いてありませんが、梶原景時に攻められて自刃したと伝えられています。

**義経**：兄貴の身内に対する嫉妬心は激しいからな。おそらくあの女が兄貴の嫉妬心をたきつけたに違いない。平家との戦いであんなに頑張った範頼兄貴も、可哀そうに殺されたわけか。

**北村**：もっとも修禅寺に幽閉された範頼は、武蔵（現在の埼玉県）の吉見（現在の吉見町）の吉見観音に隠れ住んだという話もあります。吉見観音の周辺は、現在、吉見町大字御所という地名になっていますが、その地名は、吉見御所と尊称された範頼にちなんで付けられたと伝えられています。また、梶原景時らに攻められた範頼は難をのがれて四国に渡り、源氏とゆかりの深い伊予（現在の愛媛県）の河野氏のもとに落ちのびたともいわれています。

**義経**：兄貴の執念深さを考えると、範頼兄貴はやっぱり殺されたと考える方が正しいと思うよ。

北村：頼朝が死んだあとに政子の後押しで二代将軍になった源頼家にも信じられないような悲劇が起きました。

義経：頼家といえば兄貴の嫡男じゃないか。わたしも何度も会っているが、なかなか可愛い子どもだったよ。

北村：あなたの甥である頼家は、政子の実家である北条氏よりも妻の実家である比企氏を重用しました。そのため政子は長男の頼家を排除して、次男の実朝を将軍にしようとしました。

義経：いよいよ将軍の跡継ぎにまで、あの女が出しゃばってきたわけか。

北村：そうです。一二〇三年三月に頼家は体調を崩しました。頼家は政子の妹である阿波局の夫だった阿野全成を謀反の罪で暗殺します。ちなみに全成は頼家の叔父でした。阿波局も捕まりそうになりますが、政子の取りなしで事なきを得ています。

義経：家族同士で殺し合うのだから、信じられない話だ。

北村：病気が悪化し危篤状態になった頼家は、将軍の地位を弟の実朝ではなく、自分の子である一幡に譲ろうとします。

義経：政子と北条氏にとって最大のピンチということか。

北村：比企氏の子が将軍になったら、将軍頼家の母である政子だけを拠りどころとしていた北条氏は追放されかねません。そこで政子の父である時政は思い切った行動に出ます。なんと朝廷に、

「九月一日に頼家が亡くなったので、実朝が跡を継ぎました」

と連絡したうえで、翌二日に頼家の妻の実家である比企能員と頼家の妻と息子一幡を殺してしまいます。

義経：もう無茶苦茶だ。

北村：ところが、頼家は奇跡的に一命を取りとめます。妻と息子が殺されたことを知った頼家は激怒して、比企を襲撃した時政の追討命令を出しますが、その命令に従う御家人はいませんでした。

義経：頼家もあの女にはめられたわけか。

北村：その後、修善寺に軟禁された頼家は、一二〇四年に二十一歳の若さで北条氏が送った刺客に殺されました。幼い頃から武芸を修めていた頼家は刺客に対して激しく抵抗したようです。

義経：権力を維持するため自分の腹を痛めた息子まで殺すというのだから、政子は本当に恐ろしい女だ。人間の皮を被った鬼のようだ。

北村：『吾妻鏡』には、ただ鎌倉に頼家が亡くなった知らせが届いたとあるだけですが、世間では刺客に「ふぐり」を取られたうえで刺し殺された頼家の壮絶な最期について噂をしていました。頼家は室町時代に剣豪将軍といわれた足利義輝に匹敵する勇敢な将軍だったと思われます。

義経：わたしがいたらそんな目に遭わさなかった。本当に可哀そうなことだ。

北村：修禅寺には頼家が政子に対して「おまえのせいで、こんな顔になった」ということを知せるために、腫れ上がった顔を彫らせたといわれる面が伝わっています。

義経：なんともおどろおどろしい話だ。

北村：そのおどろおどろしい面に惹かれた小説家がいます。大正時代の劇作家である岡本綺堂です。綺堂は修善寺に滞在中にこの面からインスピレーションを得て、歌舞伎の台本である『修禅寺物語』を執筆しました。話の内容を簡単に紹介しましょう。

修善寺に夜叉王という面作師がいました。頼家は夜叉王に「自分の顔を面にしてくれ」と依頼したのですが、なかなか出来上がりません。いくら作っても面に生気を感じないと夜叉王は言います。一方で頼家は夜叉王の娘である桂と恋仲になります。二人は仲睦まじく過ごしていましたが、運命は非情なもので、頼家に刺客の魔の手が忍び寄ります。桂は頼家の面をかぶり、身代わりとなって殺されてしまいます。そんな桂の献身もむなしく頼家も殺されます。最期に父である夜叉王の元を訪ねた桂は、頼家と愛し合った日々が幸せだったと語ります。夜叉王は頼家の面に生気が宿らなかったのは、この運命を予言していたからだと悟り、死にゆく桂の顔を今後の面の参考にするためにスケッチします。

**義経**：どうにも悲しい物語だな。

**北村**：修善寺には頼家の墓や政子が頼家を供養するために建てた「指月殿」があります。毎年七月に頼家を偲んで「頼家まつり」というイベントが行われます。

**義経**：あの女が頼家の供養とは白々しい。ところで頼家が死んだあとに、だれが将軍になったのかな。

**北村**：頼家の弟の源実朝です。

**義経**：あの女の思い通りになったというわけか。

**北村**：一一九二年に生まれた実朝は、一二〇三年に十二歳で三代将軍となりました。実権を政子に握られた実朝は京の宮廷文化に強くあこがれて和歌に打ち込むようになりました。十四歳のときに藤原定家から『新古今集』を贈られたのをきっかけに、定家から和歌の指導を受けています。二十二歳のときに『金槐和歌集』をまとめて定家に献上しています。

**義経**：実朝という男はなかなかの才人だな。

**北村**：百人一首にも、

「世の中は 常にもがもな 渚こぐ あまの小舟の 綱手かなしも」

という実朝の和歌が選ばれています。そのほかにも、

「箱根路をわが越えくれば伊豆の海や　沖の小島に波の寄る見ゆ」

「大海の磯もとどろに寄する波　破れて砕けて裂けて散るかも」

といった和歌が有名です。

また、明治時代に俳句に写実主義を導入した正岡子規は、

「人丸ののちの歌よみは誰かあらむ征夷大将軍みなもとの実朝」

と書いただけでなく、『歌よみに与ふる書』では、

「あの人をして今十年も生かして置いたならどんなに名歌を沢山残したかも知れ不申候。とにかくに第一流の歌人と存候」

と非常に高く評価しています。

**義経**：和歌もいいけれど。将軍としての実朝について知りたい。

北村：政治家としても立派でした。
民の苦労を気にかけて、
時により過ぐれば民の嘆きなり　八大龍王雨やめたまへ
という和歌を謡っていますし、後鳥羽上皇とも良好な関係を築いていて、
山は裂け海は褪（あ）せなむ世なりとも　君にふた心わがあらめやも
という和歌を詠んでいます。この和歌には、
「ひとり思ひを述べ侍りけるうた」
という詞書があり、実朝の名付け親でもある後鳥羽上皇を「君」と呼んでいることからわかるように後鳥羽院への忠誠を誓っています。
義経：実朝というのはなかなかいい男じゃないか。
北村：一二一八年二月四日に政子は熊野参詣のために鎌倉を出発します。本当の目的は上洛にあったといわれています。『愚管抄』によると、上洛した政子は実朝の跡継ぎについて、後鳥羽上皇の乳母藤原兼子に皇族将軍について相談しています。ちなみにこのとき政子は従三位に叙せられています。
義経：あの女は見栄っ張りで権威が好きだったからな。
北村：十五日には後鳥羽上皇に対面する機会がありましたが、

「田舎育ちの老尼が、上皇様のお顔を拝謁しましても失礼申し上げるばかり」
と辞退しています。

**義経**：わざとらしい女だ。

**北村**：その後、一二一八年の十二月に実朝は二十七歳で右大臣になります。ところが、それからわずか一ヶ月後の一二一九年一月二十七日、鶴岡八幡宮で行われた右大臣拝賀の式に出席した実朝は、太刀持ち役を務めていた源仲章とともに鶴岡八幡宮の大銀杏の陰に隠れていた甥の公暁に暗殺されます。

**義経**：またしても身内同士の殺し合いというわけか。

**北村**：『吾妻鏡』には公暁は親である頼家の仇として実朝を暗殺したとありますが、詳しいことはわかりません。このときに太刀持ち役をするはずだった義時は、鶴岡八幡宮に向かう直前に体調不良を理由に源仲章に代わってもらっています。

**義経**：そいつは間違いなく仮病だ。どう考えても実朝暗殺の黒幕は義時だ。

**北村**：実朝の首を持って逃走した公暁は、三浦義村が差し向けた追手に討ちとられます。実朝は首が見つからないまま鎌倉の勝長寿院に葬られたといわれていますが、秦野市には「源実朝公御首塚」があります。

**北村**：公暁が隠れていたことから「隠れ大銀杏」と呼ばれていた鶴岡八幡宮の大銀杏は、

二〇一〇年に春の嵐で倒れてしまいました。

**義経**：実朝の死によって兄貴からはじまった源氏の政権は、たった三代で滅んでしまったというわけか。

**北村**：頼朝の血筋だけではありません。頼朝の旗揚げから鎌倉幕府の創設まで頼朝を支えた上総広常、千葉常胤、畠山重忠、梶原景時、比企能員、和田義盛といった有力な御家人も相次いで粛清されます。

**義経**：わたしがよく知っている御家人がたくさんいる。

**北村**：はじめに粛清されたのは上総広常です。広常は一一八三年に頼朝の命を受けた梶原景時に殺されます。双六の相手をしていた景時は、いきなり広常に切りかかったことになっています。広常が殺害された理由はよくわかっていません。

**義経**：これといった理由もないのに殺されるなんてありえない。

**北村**：納涼のため相模の三浦に出かけた頼朝は、そこで広常と出会います。広常の家来は下馬して頼朝に平伏しましたが、広常は馬から下りず、

「自分は祖父の代から、そんな礼はしていない」

と言い放ったのです。

**義経**：それが殺された理由なら、広常は頼朝の機嫌を損ねたということになるが、それだ

けで殺されたとは思えない。兄貴のことだからつまらないことで広常に嫉妬したに違いない。

北村：頼朝というのはよくわからない人物ですね。

義経：兄貴は本当に怖い男だからな。

北村：鎌倉幕府の正史である『吾妻鏡』は、広常が殺された日の部分が欠けていて記録はありません。広常が殺された一年後に「去年の冬の広常のことで営中はけがれた」と書いています。この「広常のこと」というのは広常の殺害のことなのでしょう。

義経：もう一度繰り返させてもらうが、北条氏が編纂した『吾妻鏡』は勝者が書かせたものだから信用できない。

北村：一二〇三年には頼家の義父である比企能員も殺されます。すでに書いたように、能員は頼家の後継者をめぐる争いで、政子の父である時政に殺され、比企氏は滅亡してしまいます。

義経：頼家の妻の実家である比企氏が、将軍の後継者争いで滅亡したのか。

北村：一二〇四年には幕府の忠臣である畠山重忠も時政に殺されます。きっかけは実にささいなことでした。時政の後妻である牧の方が、時政に重忠を討つように吹き込みます。もともと武蔵（現在の東京都）の支配権を巡って重忠を快く思っていなかった時政は、義時に重忠を殺すように命じます。
義経：今度は時政の後妻まで登場するのか。
北村：重忠は二俣川の戦いで義時に破れて命を落とします。
義経：平家との合戦で一緒に戦った重忠のことはよく知っている。重忠くらいいい男はいなかった。その重忠が北条の連中に殺されてしまったのか。
北村：時政が表舞台から消えたことで、前面に出てきたのが義時です。父親である時政の命令を忠実にこなしてきた義時、時政の失脚によって、姉の政子と一緒に権力の中枢に一気に近づいたわけです。
義経：あの女とあの女の弟が幕府の力を手にしたというわけだ。
北村：義時が時政を追放したのは「武士の鑑」といわれた重忠を殺した罪滅ぼしだったと『吾妻鏡』は書いています。
義経：『吾妻鏡』がそこまで書いているとするなら、編纂した中心人物は時頼だったかも知れない。
北村：時政に粛清された重忠を慕った歌がありますので紹介します。

国は武蔵の　畠山

武者と生まれて　描く虹
剛勇かおる　重忠に
いざ鎌倉の　ときいたる

平家追い討つ　一の谷
愛馬三日月　背に負えば
そのやさしさに　馬も泣く
ひよどり越えの　逆落し

雪の吉野の　生き別れ
恋し義経　いまいづこ
静の舞の　哀れさに
なみだで打つや　銅拍子

頼み難きは　世の常か
誠一途が　謀反とは

うらみも深く　二俣に
もののふの意地　花と散る

仰ぐ秩父に　星移り
菅谷館は　苔むせど
坂東武者の　かがみとぞ
おもかげ照らす　峯の月

**北村**：一二一三年には鎌倉幕府の有力御家人で侍所の別当だった和田義盛が反乱を起こします。いわゆる「和田合戦」です。

**義経**：今度は和田義盛の番というわけか。

**北村**：そうなのです。その発端は二月に起きた泉親衡の謀反でした。このとき義盛の甥である和田胤長が処罰されたことで、義盛と義時の関係が悪化します。義盛は三浦義村を味方につけて義時を打倒しようとします。その義村に裏切られた義盛は、源実朝を擁して兵を集めた義時に敗れて滅亡しました。

**義経**：義盛はそんなわけのわからない内輪もめで殺されたのか。

北村：一一九九年に頼朝が死んだことで粛清されたのが、あなたとなにかと噂があった梶原景時です。

義経：その噂というのは屋島の合戦のときの逆櫓の論争のことか。それ以外にも景時にはいろいろと兄貴に讒言されたようだ。

北村：景時は石橋山の戦いで頼朝を救ったことから重用されるようになりました。

義経：なんといっても旗揚げで敗れて洞窟に隠れていた兄貴を救ったのだから、兄貴の信頼が厚かったのは当然のことだった。

北村：それでも一一九九年に頼朝が急死して頼家が将軍になると立場が一変します。幕府の侍所所司として御家人の取り締まりにあたっていた景時は、多くの御家人から恨みを買っていたのです。

義経：景時はどこか傲慢なところがあったからな。

北村：その後、幕府は十三人の有力御家人による合議制がしかれます。三浦義村や和田義盛など六十六人の御家人の名が連ねられた景時を弾劾する連判状が提出されました。その連判状を見た頼家は景時に弁明を求めましたが、景時は抗弁をしないで一族を引き連れて、自らの所領である相模（現在の神奈川県）の一宮（現在の寒川町）に戻ります。

義経：わたしは景時が好きでなかったが、それにしてもひどい話だと思うよ。

北村：その後、景時は一族とともに京へ向かう途中の駿河（現在の静岡県）の清見関の近くで一族もろともに殺されました。世にいう「梶原景時の乱」です。頼朝が死んでからたった一年しかたっていませんでした。

義経：ここまでの話を聞くと、鎌倉幕府の内実は壮絶な殺し合いの連続だ。北条氏は長州藩と同じようなテロ集団の集まりだったのかもしれない。

北村：あなたがおっしゃる通りで、北条氏は朝敵になることを気にしていなかったようです。

義経：兄貴もとんでもない嫁さんと一緒になったというわけだ。

# 第五章　衣川の戦い

北村：あなたが平家と死闘を繰り返しているとき、鎌倉にいた頼朝は政治的な戦いに力を注いでいました。挙兵したときの一番の功労者である上総広常を朝廷に背く無礼者として殺害し、甲斐の武田氏である一条忠頼を謀反の疑いがあるとして暗殺しています。

義経：そうした話は随分たってから聞かされた気がする。

北村：頼朝は戦時の緊張状態を利用して対抗勢力を排除すると同時に、自らの権力を強化していたのです。さらに北条義時、梶原景季、和田義茂といった若手の御家人を養成していたのです。平家との戦いが終わったときには、鎌倉におけるあなたの居場所はなくなっていました。

義経：わたしは平家に勝つために全力を賭けていたので、鎌倉にいた兄貴のことなど考える暇もなかった。

北村：頼朝はあなたに所領は持たせないという方針を決めていて政治活動も限定します。

いわゆる「部屋住み」というわけです。範頼も同じような待遇におかれ、儀式くらいしか活動の場がなくなっていました。範頼はそうした待遇を受け入れますが、あなたは無理だったようです。

義経：範頼兄貴は人が良かったからな。わたしだって権力志向などまったくなかったが、そのころには兄貴を全面的には信じられなくなっていた。

北村：雪の吉野山で静御前と別れたあなたは忽然と行方をくらまします。頼朝はあなたを捕まえるためとして、朝廷に守護と地頭の設置を認めさせます。歴史の教科書では、ことさきに鎌倉幕府が成立したとしています。

義経：鎌倉幕府がいつ成立したかなど、わたしにはまったく興味がない。

北村：あなたの一行が山伏に姿を変えて奥州に落ちのびる途中、加賀（現在の石川県）にある安宅の関で弁慶があなたを助けたことは、いまでも多くの日本人が『勧進帳』という芝居で楽しんでいます。

義経：その『勧進帳』というのはなにかな。

北村：『勧進帳』は歌舞伎の出しものですが、ここでは『勧進帳』のストーリーを紹介しましょう。

義経：わかった。

北村：あなたの一行は弁慶を先頭に山伏の姿をして安宅の関を通り抜けようとしますが、関守の富樫左衛門のもとには、すでにあなたの一行が山伏姿であるという情報が届いています。そのため富樫にとがめられた弁慶が、焼失した東大寺を再建するための勧進を行っているというと、富樫は弁慶に勧進帳を読んでみるよう命じます。

義経：兄貴がわたしを監視しているときに、安宅の関など通るわけがないだろう。

北村：歌舞伎という作り話のことですから、そんなに本気にならないでください。

義経：そうだったな。

北村：弁慶はたまたま持っていた巻物を勧進帳であるかのように持ち出して大きな声で読み上げます。富樫はすぐに弁慶の嘘を見破りますが、その心情を思い騙された振りをして関所の通過を許しますが、部下の一人が若い強力に疑いをかけます。

義経：その強力がわたしというわけか。

北村：そうです。弁慶は主君であるあなたを金剛杖で思いっきり叩くことで疑いを晴らそうとします。あなたの一行は弁慶の機転のおかげで無事に関所を通過することができます。危機を脱出したあなたは弁慶を褒めるが、弁慶はいかに主君の命を助けるためとはいえ、あなたに無礼を働いたことを涙ながらに詫びます。

義経：なかなか上手くできた話だが、もう一度言っておくが、わたしにはそのようなことがあったという記憶がまったくない。

北村：そうでしょうね。『勧進帳』は史実ではなく芝居のための創作です。

義経：それにしても、わたしを題材としたものはいろいろとあるのだな。

北村：一一八七年に入ると、あなたが奥州平泉の藤原秀衡のもとにいることが発覚します。頼朝は秀衡にあなたの引き渡しを要求しますが、あっさりと拒否されます。東国と西国を制覇した頼朝が奥州に攻めてくることを警戒していた秀衡は、あなたの軍事的才能をいかして鎌倉に対抗しようとしていたのです。

義経：そのことなら、秀衡から何度も聞かされていた。

北村：ところが、秀衡がその年の十月に亡くなると状況は一変します。翌年の二月に頼朝は朝廷にあなたの追討宣旨を出させます。あなたの追討のために頼朝がいきなり奥州に攻め込めば、泰衡と義経は秀衡の遺言通りに一体となって共闘する可能性があります。朝廷に宣旨を出させて泰衡に要請してあなたを追討させることで二人の間に楔を打って奥州の弱体化をしようとしたのです。

義経：朝廷の宣旨は権威があったからな。

北村：頼朝は亡母のため五重の塔を造営するとして、年内の軍事行動はしないことを表明しましたが、これも頼朝があなたを追討したくないための策略だったようです。

義経：兄貴はそういった陰謀が大好きだったからな。それにしても兄貴が攻めてこなくて残念だった。わたしは兄貴に勝つ自信があった。

北村：そのころあなたは京都に手紙を出しています。

義経：秀衡のあとを継いだ泰衡との関係が悪くなったので、平泉から脱出しようとしていたのだ。結局、京へ戻ることはあきらめた。兄貴が全国に設置した守護と地頭の存在が厳しくて京に行くことができなかった。

北村：鎌倉の圧力に屈した泰衡は、

「義経の指図を仰げ」

という秀衡の遺言を破り、五〇〇騎の兵をもってあなたの館を襲いました。世にいう衣川の戦いです。泰衡に攻められたあなたは、六月十五日に衣川で亡くなったことになっています。

義経：わたしは衣川で死んだことになっているのだな。

北村：その通りです。

北村：あなただけでなく、弁慶も衣川で討ち死にしています。あなたが衣川の館を攻められたとき、弁慶は無数の矢を受けながら薙刀を杖にして仁王立ちのまま息絶えたといわれています。この「立往生」という言葉は、いまでも進退窮まったときに使われています。

義経：弁慶は命を投げ出して主君のわたしを守ろうとしたことになっているわけだ。わたしにとって弁慶ほど頼りになる部下はいなかったと思うよ。

北村：弁慶については、驚くほど多くのエピソードが残されています。日本全国に残された弁慶のエピソードを紹介しましょう。

義経：弁慶も静と同じように人気者なのだな。

北村：かつて民家で用いられた藁などを束にして囲炉裏端に吊るし、串に刺した魚や獣肉を燻製にした道具も「弁慶」と呼ばれていました。これは藁束に大量の串が刺さっている様子を弁慶の立往生に見立てたものといわれています。

義経：そんな道具にまで弁慶が出てくるのか。

北村：弁慶ほどの豪傑でもここを打てば涙を流すほど痛いとされる急所は「弁慶の泣き所」と呼ばれています。具体的には脛の部分のことです。

義経：弁慶の脛が泣き所かどうか試してみたかったたな。

北村：「弁慶の七つ道具という言葉もあって、弁慶が持っていたと伝えられる鉄の熊手、大槌、大鋸、刺又、突棒、袖搦といった武器のことをいいます。いまでは七個で一式のものを呼ぶようになって「選挙の七つ道具」や「探偵の七つ道具」というように使われています。

義経：七つ道具かどうかわからないが、弁慶がいろいろな道具を持ち歩いていたのは間違いない。

北村：身内には強気になって威張り散らすが、知らない相手には意気地がなくなってしまう人間のことを「内弁慶」といいます。

義経：内弁慶とはよく言ったものだ。弁慶は外敵には滅法強かったからな。

北村：そのほかにも弁慶にちなんだものがあります。弁慶蟹は海に近い河口に住む小型のカニのことで、名前の由来は甲羅の模様が弁慶の厳つい形相を連想させることからきています。戦に敗れ海に沈んだ平氏を連想させるヘイケガニと対比させてつけられたといわれています。弁慶草は別名イキクサといい、分厚い葉と群をなす淡紅色の小花が特色の多年草のことです。

義経：カニや植物の名前にまでなっているのか。

北村：カニどころか二色の糸を格子状に碁盤の目のように織った文様は「弁慶格子」といわれています。男らしい柄という意味から「弁慶」と名付けられたようです。茶と紺のものを「茶弁慶」、紺と浅葱のものを「藍弁慶」といいます。

義経：弁慶は着物の柄にまで使われているのか。

北村：鉄道博物館に保存されている「辨慶號」は北海道の幌内鉄道で使用されたアメリカ製のテンダー型蒸気機関車の第二号機に付けられた愛称です。ちなみに一号機は「義経」、八号機は「しづか」という愛称が付けられました。

義経：弁慶の人気はすごいものだな。本当にびっくりしたよ。

北村：弁慶については、日本全国にいろいろなエピソードが残っています。三重県紀宝町には弁慶が生まれたといわれている屋敷の庭にあったとされる楠の跡に石碑が建てられています。

義経：弁慶はそこで生まれたのか。

北村：よくわかりませんが、平泉の中尊寺の表参道にある竹垣に囲われた松の生えた塚があり、その根本に弁慶の墓と伝わる五輪塔が立っていて、現在は特別史跡に指定されています。

義経：弁慶は平泉で死んだことになっているわけか。

北村：平泉のほかにも茅ヶ崎市の鶴嶺八幡宮や藤沢市の常光寺には弁慶の墓と伝わる塚があります。京都の麩屋町には男の子が触ると力持ちになるという言い伝えがある「弁慶石」があります。そこには弁慶がお手玉代わりにしたとされる「弁慶のお手玉石」もあります。

義経：いろいろとあるのだな。
北村：京都から遠く離れたつくば市には「弁慶七戻り」といって、弁慶が筑波山に上ったときに大きな岩が落ちないか何度も確認したといわれる場所があります。
義経：筑波山というと常陸（現在の茨城県）にある山のことか。
北村：長野県佐久市には弁慶が背負ったときに手を掛けたとされる「手掛石」や弁慶が浅間山と平尾山に足をかけ弓を射た足形とされる「あぶみ石」が残っています。長野県御代田町には弁慶が寺を参拝したときに腰かけたという「弁慶腰掛の松」があります。
義経：弁慶は信濃（現在の長野県）とも関わっていたのかな。
北村：山形県鶴岡市に弁慶が羽黒山に奉納する油をこぼしたといわれる「弁慶の油こぼし」があります。
義経：本当にたくさんあるものだな。
北村：弁慶の足跡は蝦夷地（現在の北海道）にもあります。
義経：平泉で死んだはずの弁慶が蝦夷地に現れたということか。
北村：弁慶があなたと一緒に蝦夷地に渡って江差にいたという伝説が伝わっています。江差町にある岩に残された二つの窪みがあり、弁慶が付けた「弁慶の足跡」と呼ばれています。この「弁慶の足跡」の近くに弁慶が鍛錬に使っていたといわれる十メートルほどの「弁慶の力石」という大きさの巨石がありましたが、一九三四年に発生した函館大火の日に高波でさらわれました。

義経：弁慶は巨漢だったからか大きな石を軽々と持ち上げていたよ。

北村：寿都町には弁慶がアイヌの力自慢と相撲を取った場所といわれる「弁慶の土俵跡」があり、近くの岬は「弁慶岬」と呼ばれ「弁慶岬灯台」と名付けられている灯台と弁慶の銅像が立っています。

義経：銅像まであるのか。

北村：岩内町の雷電海岸には、この地に逃げ延びてきた弁慶が休息をとっていたときに腰の太刀が邪魔になったことから、岩の一部を自慢の力でひねってそこに太刀を掛けて置いたという「弁慶の刀掛岩」があります。その近くには弁慶が木を切り倒して積んでおいた薪が化石になったと伝えられている「弁慶の薪積岩」があります。国道二二二号線にあるトンネルは「刀掛トンネル」という名前がつけられています。

義経：本当にいろいろあるな。

北村：弁慶のことはこのくらいで終わりにしましょう。衣川で打ちとられたあなたの首は、酒に浸して黒漆塗りの櫃に収められ、四十三日もかけて鎌倉に送られ、一一八九年六月十三日に和田義盛と梶原景時によって首実検が行われました。

義経：あの景時がわたしの首実験をしたのか。まったくけがらわしい話だ。

北村：あなたの首は藤沢に葬られ祭神として白旗神社に祀られます。胴体は栗原市栗駒沼倉の判官森に埋葬されたと伝えられています。最期の地である衣川の雲際寺には、自害直後の義経一家の遺体が運び込まれたといわれていますが、二〇〇九年八月六日に火災によって焼失しました。

義経：わたしの遺体はいろいろなところにあるのか。

北村：頼朝にとってあなたが死んだだけでは一件落着とはなりません。頼朝は泰衡を義経と同罪として追討の宣旨を下すよう朝廷に奏上するとともに、全国の御家人に奥州出陣の命令を発します。

義経：兄貴は本当に執念深いからな。それだけでなくあの女が兄貴をけしかけたに決まっている。

北村：頼朝の目的はあなたの殺害だけでなく、奥州の藤原氏の滅亡にあったのです。頼朝はあなたを討ったことで、泰衡を追討する理由は失われたとする朝廷の制止を振り切り、大軍を率いて奥州の藤原氏を滅ぼします。

義経：泰衡は冷血な兄貴にはめられたわけだ。

北村：頼朝は軍勢を大手軍、東海道軍、北陸道軍の三軍に分けて進攻します。頼朝が率いる大手軍は畠山重忠を先陣とした鎌倉から下野（現在の栃木県）を経て奥州へ向かいます。大手軍はたいした抵抗も受けないで奥州に到着します。

義経：兄貴も泰衡を攻めるだけなのに大軍を集めたものだ。

北村：畠山重忠の総攻撃を受けた奥州軍は敗北を重ねます。自らの大敗を知った泰衡は多賀城から平泉に退却します。多賀城で東海道軍と合流した頼朝は、平泉に向けて一気に進軍します。頼朝が平泉に入ったときには、すでに平泉は火が放たれて放棄されたあとでした。

義経：泰衡は本当に弱かったからな。

北村：頼朝に泰衡から赦免を求める書状が届きますが、頼朝はこれを完全に無視します。奥地に逃亡した泰衡は蝦夷地に渡航しようとしますが、部下の河田次郎に殺害され、その首は頼朝に届けられます。このころになると頼朝の軍勢は二十八万騎を超えていました。

義経：二十八万騎とは大げさだな。わたしはもっと少ない軍勢で平家を破ったのだ。

北村：奥州に威勢を振るっていた泰衡は十七万騎の軍勢を率いながらあっけなく滅んだわけです。一の谷や屋島、壇ノ浦といった大きな戦いがあっても不思議でなかったのですが、わずか二ケ月足らずで一方的な敗北を喫したわけです。頼朝は奥州の支配体制を固めてから鎌倉に帰還しました。
義経：兄貴にしては珍しく楽勝だったわけだ。
北村：それにしても惨めなほどの一方的な敗北ですね。いくら泰衡は能力がなかったとしても、部下のなかには気概のある武将がいたはずです。
義経：藤原氏の有能な武将は、ほとんどがわたしについてきてしまっていたのだ。
北村：そういうことだったのですか。それで納得できました。
義経：泰衡には悪いことをしたと思っているが、わたしだって未来に向けてやることがあったのだ。
北村：少しあとの話になりますが、一二四八年に執権となっていた北条時頼は、
「鎌倉永福寺を修理せよ」
という夢の告げを受けます。
義経：なにが夢のお告げだ。そんなことがあるわけはない。
北村：『吾妻鏡』には、永福寺（現在は廃寺）は、あなたを殺しただけでなく、奥州の藤原氏を滅ぼした頼朝が、
「わたしの宿意により滅ぼされた両人の怨霊を宥めるために建立した」
と言ったと書いています。頼朝はあなたを誅殺し奥州を滅ぼしたことを気にしてい

て、そのためあなたの没後六十年に永福寺の大規模な修理をしました。

義経：そこら辺の寺を修理したくらいでは、わたしたちの怨念が晴れるわけがない。

北村：頼朝は自らの私怨によって亡ぼされたあなたと泰衡の怨霊に恐怖していたというわけです。

義経：ところで歴史ではわたしと弁慶は衣川で死んだことになっているようだが、わたしも弁慶も衣川で死んでなんかないよ。

北村：そういった言い伝えや学説もたくさんあります。

義経：どういった話かな。

北村：水戸藩の二代藩主の徳川光圀は義経入夷説に執着していました。光圀は『大日本史』を編纂するために調査団を組織しただけでなく、「快風丸」を建造して蝦夷地に派遣しました。一六八五年から数回にわたって調査が行われ、蝦夷地に義経と弁慶にちなんだ地名があること、あなたがアイヌ民族からオキクルミという神として崇められていると報告しています。

義経：わたしたちはなるべく蝦夷地に痕跡を残さないようにしたつもりだったが、やはり無理だったようだ。

北村：一九〇六年に完成した『大日本史』には、あなたの首の搬送期間が長かったことが当時から不審に思われており、あなたは死を偽って逃亡したのではないかと書いています。

義経：わたしの首のことに気が付いたということか。

北村：松前城に近いサルという地が、あなたが上陸した場所と伝えられています。伝承によると、あなたはアイヌでサルを統治していた大将の婿になり、サルに程近い場所に屋敷を構えたそうです。

義経：なかなか面白い言い伝えだが、わたしの望みは蝦夷ではなく大陸だった。

北村：徳川幕府の八代将軍家宣の侍講を務めた新井白石は『読史余論』のなかで、アイヌには小柄で頭のよい神に関するものがあり、この二人をあなたと弁慶とする説があったことを紹介しています。

義経：オキクルミがわたしで、大男のサマイクルが弁慶ということか。

北村：アイヌには、

「ホンカイサマは黄金の鷲を追って、自分たちの祖先が往復していた海を渡って、大きな河がある大陸に行った」

という伝説があります。この蝦夷地に残っている民間信仰として登場する「ホンカイサマ」は、あなたのことを意味する「判官様」が転じたものであると、白石は分析しています。

義経：なかなかいい推測だ。

北村：この「ホンカイサマ」は「判官様」のことのようです。濁音がないアイヌ語では「サ」の前に「ン」があると「イ」と発音しますから、「ハンガンサマ」は「ホンカイサマ」になるのです。

義経：このアイヌの伝説は作り話でなく歴史の事実だよ。

北村：さらにあなたの入夷説は古くからアイヌ民族にも広まっていたが、千島もしくは韃靼へ逃げ延びたという伝説があることを紹介しています。白石は『読史余論』のなかで、全面的に肯定しているわけではないとしながらも、あなたの入夷説や入韃靼説にも触れています。

義経：白石はなかなかな優れた人物だな。白石の推測はなかなかいいところを突いている。

北村：光圀や白石のほかにもシーボルトが独自の日本研究に基づいて「義経＝ジンギスカン説」を展開しています。白石の『蝦夷志』と『読史余論』を読んだシーボルトは、「義経の蝦夷への脱出、さらに引き続いて対岸のアジア大陸への脱出の年は、蒙古人の歴史では蒙古遊牧民族の帝国創建という重要な時期にあたっている」と書いています。

義経：シーボルトというのはどんな人物なのかな。
北村：一八二三年に来日したドイツ人の医学者です。
義経：医学者ということは論理的な人間ということか。
北村：そうです。そのシーボルトが一八五二年に刊行した『ＮＩＰＰＯＮ』には、「成吉思汗が二十八歳で大汗に即位したのが一二〇二年で義経が三十一歳で自殺した年は一一八九年だったし、成吉思汗が即位の礼の際に九つの房がついた源氏と同じ白旗を立てた、成吉思汗が得意とした長弓はモンゴルや中国になく義経がモンゴルに持ち込んだものである。成吉思汗の「汗」は日本語の「守」と同じ語源である」
といったことが書いてあります。シーボルトは多くの伝承や説話を綿密に検討した結果、あなたが蝦夷から大陸へ渡った説を支持しています。
義経：本当に素晴らしい考えといえるが、水戸光圀、新井白石、シーボルトというのはどういう人なのかな。まさか山師かいかさま師じゃないだろうな。
北村：とんでもありません。三人とも日本では歴史上の偉人ということになっている優れた人物です。
義経：わかった。ここからはわたしの本当の話を聞いてほしい。
北村：それを期待していましたので、よろしくお願いいたします。

義経：期待してもいいと思うよ。

# 第六章　平泉から大陸へ

北村：それでは改めて衣川の戦い後のことについて伺います。
義経：わかった。
北村：あなたの死に関することは、主に『吾妻鑑』に書かれてあることが基本になっています。それによると藤原秀衡の後継者の泰衡が五〇〇騎の兵を率いてあなたを襲います。あなたは必死に戦いましたが、やがて敗色が濃くなり、持仏堂に入って自害したことになっています。
義経：わしが自害したというのか。まったくばかばかしい話だ。ここで死んだら何のためにあれだけ苦労して平泉に来たのかわからない。
北村：あなたが死んだということは、泰衡が鎌倉に提出した報告書が根拠になっていますが、どう考えても腑に落ちません。
義経：秀衡と違って朝敵になることを恐れていた泰衡の報告書など、そんな簡単に信じてはいけない。

北村：そうかもしれません、不思議なことがあるのです。あなたの首が鎌倉に届くまで四十三日もかかったということです。水戸光圀が編纂した『大日本史』も、当時からあなたの首の搬送期間が長かったことが不審に思われていたと書いたうえで、あなたは衣川から逃亡したのではないかと推測しています。

義経：そのことは前の章でも聞かされたが、わたしが衣川から逃亡したというのは、その通りのことだ。

北村：たしかあなたが死んだとされているのは一一八九年の六月十五日でしたね。

義経：そういうことになっているよ。

北村：そうだとしたらあなたの首はいくら酒につけられていたとしても、梅雨の季節に四十三日もかけて平泉から鎌倉に運ばれたわけですから、腐敗して判別できなくなっていたと思われます。

義経：それはそうだろうな。

北村：平泉から鎌倉までは四三〇キロメートルですから、一日に一〇キロメートルしか進んでいません。あなたの時代でいうと一三〇里ですから一日に三里しか歩いていないことになります。

義経：わたしが死んだことを知りたかったはずの兄貴が、わたしの首をそんなゆっくりと運ばせるはずがない、兄貴はせっかちだったからな。

北村：そうでしょうね。ちなみに同じ年の九月に大軍を率いて泰衡を討った頼朝が鎌倉に凱旋するのに二十七日しかかかっていません。

義経：わたしの首を運ぶのに四十三日もかかったのは、単なる偶然だったとは思えない。泰衡にしてみれば精いっぱいの抵抗だったようだ。

北村：ところで、泰衡は頼朝からしつこくあなたを討つように圧力を掛けられていたようですね。

義経：わたしが攻められた一一八八年の前年には、後白河法皇からわたしを討つようにという命令が二度も出されている。

北村：それなのにどうして六月になってからあなたを攻めたのでしょうか。

義経：泰衡の都合などわたしが知っているわけがない。

北村：冬の奥州は荒涼とした風景になっていて、あなたが逃げるのも簡単ではないはずですが、六月なら奥州の山河も緑に包まれて逃げるにも都合がよかったと思います。いくら泰衡が平凡な人間だったとしても、このくらいのことは考えたのではないでしょうか。

義経：それはなかなか素晴らしい推理だ。本当のことを言うと、実は泰衡はわたしが逃げやすい六月に攻めてきたのは、わたしと泰衡の間には暗黙の了解があったのだ。

北村：そのような記録はどこにもありません。

義経：記録がないのは当たり前だろう。そんなことを記録に残すわけがない。

北村：衣川から逃げたあなたは、その後、蝦夷地に向かったわけですか。

義経：わたしたちは最初から蝦夷地を目指したわけじゃない。海を渡って大陸に行こうと思ったのは、日本と大陸の間には古くから交流があったからだ。

北村：そうですよね。日本と大陸の関係は古くから意外と深いものでした。七世紀に満州から朝鮮半島の北部を支配していた渤海の使者が、七二七年に出羽（現在の山形県）に来航しています。その後、日本からも遣渤海使を派遣するようになって交易が行われます。

義経：七二七年というと奈良時代のことじゃないか。渤海との交易はそんなに古くからあったのか。日本はいったいどんなものを輸出していたのかな。

北村：日本からは絹布、生糸などを輸出していました。渤海は虎やテンの毛皮や人参などを送られていました。渤海から日本へは七二七年から九三〇年までの約二〇〇年間に三十四回も使節（渤海使）が送られ、日本からの遣渤海使は七二八年から八一一年までの約一〇〇年間で十五回も送られています。

義経：いったいどのようなルートで行き来していたのかな。

北村：季節風を利用して日本海を横断することで行われていたようです。航海は簡単なものではありませんでしたが、この時代の日本は想像以上に高度な外洋航行技術をもっていたようです。渤海は九二六年にモンゴル高原で活動していた遊牧民の耶律阿保機《やりつあぼき》が建国した契丹に滅ぼされました。

義経：渤海が滅亡したあとはどうなったのかな。

北村：遣唐使が廃止されたあとも、藤原氏と呉越との間で交易が続いていました。

義経：藤原秀衡の前から大陸と交流していたわけだ。

北村：平安時代の後期に平泉を支配していたのは奥州の藤原氏でした。平泉に居館を置いた藤原氏は仏教を厚く信仰し、現世における浄土の建設を目指していました。初代の藤原清衡は中尊寺、二代基衡は毛越寺、三代秀衡は無量光院を造営しています。

義経：わたしは藤原氏の栄華を目の当たりにしていた。

北村：基衡は毛越寺の本尊の制作を仏師の運慶に依頼したときに、その費用として金五〇〇両、鷲羽一〇〇尻、アザラシの皮一〇〇枚、駿馬五〇頭などを収めています。当時、アザラシの毛皮は装身具、鷲の羽根は矢羽に欠かせないものでした。

義経：それだけ仏教を信仰していたわけだ。

北村：象牙や夜光貝や紫檀が使われている中尊寺の金色堂の祭壇をみると、当時の奥州藤原氏の隆盛ぶりがよくわかります。こうした藤原氏の繁栄は蝦夷地のアイヌを介した北方交易によって支えられていたようです。藤原氏は平家とは別にアジアとの交易ルートを確保していました。

義経：藤原氏の繁栄は古くから蝦夷地を経由した大陸との交易にあったのはたしかだ。

北村：その後、日本が行った大陸との交易は十世紀から十三世紀にかけての日宋貿易です。呉越が北宋に吸収されると、日本と北宋との間では私貿易が盛んに行われます。その後、南宋が成立すると平家が貿易を独占するようになります。平清盛が本格的な日宋貿易に乗り出した結果、平家の栄華は頂点を極めることとなります。

義経：その時代のことならよく知っている。清盛は都を福原に移したくらい日宋貿易に力を入れていた。

北村：日宋貿易は越前（現在の福井県）の敦賀や筑前（現在の福岡県）の博多が拠点になっていました。博多は多くの中国人が住む国際都市となりました。ちなみに鎌倉時代にも民間レベルでの交流がありましたが、日本と宋の間に公的に国交が結ばれることはありませんでした。

義経：臆病者の兄貴にはそういった才能がなかった。

北村：あなたが蝦夷地に行ったと考えた徳川光圀は間違っていなかったのですね。『大日本史』にもあなたや弁慶の足跡が蝦夷地に残っていると書かれています。

義経：その通りだ。

北村：すでに書いたように、蝦夷地には「弁慶の足跡」「弁慶の力石」「弁慶の刀掛岩」「弁慶の薪積岩」だけでなく「弁慶岬」という弁慶に関係があると思われる地名まであります。

義経：その通りだ。わたしもアイヌ民族から「オキクルミ」という神として崇められている。

北村：そのことは『大日本史』にも書いてあります。

義経：わたしは宮古、八戸、三厩と十三湖の近くの福島を経由して蝦夷地に渡った。

北村：岩手県の宮古と青森県の八戸、三厩、福島ですか。

義経：はじめは衣川から北上川を渡って宮古へ行った。

北村：そのようですね。一関市にはあなたの一行が宿泊して蝦夷入りの道筋を検討したといわれている観福寺があり、そこには亀井六郎の笈が寺宝として残されています。

義経：わたしたちは観福寺でこれから先の行程を練ったのだ。

北村：奥州市の江刺にはあなたの一行が白粟を借りて、その白粟を炊いてもらって食べたといわれる菅原家の屋敷があります。弁慶がそこで足を洗った池があるので弁慶屋敷と呼ばれています。同じ江刺にはあなたが五日ほど逗留し、玉崎神社の近くにある牧馬山に馬を放ったという言い伝えが残っています。あなたの一行が数日ほど休息をとったと伝えられる源休館もあります。

義経：宮古に行くまでは随分と気を使ったというのに、いろいろな足跡を残してしまったようだな。

北村：気仙郡住田町にはあなたが野宿しながら険しい山を越えたと伝えられる判官山（別名黒山）があります。岩手県釜石市にはあなたの一行が野宿したと伝えられている法冠神社があります。

義経：あのあたりの道は険しかった。

北村：岩手県山田町にはあなたの一行が宿泊したとされる判官家があり、その家の住人は明治以前に「判官」の姓を名乗っています。この地にはあなたの部下である佐藤庄司の子信正が、あなたの一行を案内して来たことを示す文書があります。

義経：そのあたりまで来ると海が見えたのを覚えている。

北村：岩手県宮古市には弁慶、依田源八兵衛、亀井六郎、鈴木三郎などの一行が松前へ渡海する前に安全祈願をしたという横山八幡宮があり、そこには弁慶直筆の大般若経が収められていたと伝わっています。さらに鈴木三郎は老齢のためこの地に留まって横山八幡宮の神主になったと伝えられています。

**義経**：ここから先は高齢の亀井六郎を連れていくのは難しかったからな。

**北村**：さらに宮古にはあなたが般若心経を写経して奉納したといわれる判官稲荷神社があります。あなたの一行はこの地の出雲家で粟を六升ほど借りて証文を置いていったようです。

**義経**：写経した般若心経を横山八幡宮に奉納したことは覚えている。

**北村**：宮古には判官大権現もあります。この神社はあなたが滞在して鞍馬山から毘沙門天を移して祀ったところとされています。ここはあなたが逗留したことを示す棟札があります。

**義経**：宮古にはしばらく滞在したから、いろいろと爪痕が残っているわけだ。

**北村**：宮古にはそのほかにも判官館、判官宿、法冠神社、弁慶腰掛岩といったあなたと関係がありそうな地名があります。黒森山というのも九郎森山が語源になったといわれています。

**義経**：なぜわたしの名前が由来になったのか知らないけれど、わたしが宮古に滞在したのは間違いないことだ。宮古から八戸に行くときは海路を利用した。

北村：それで宮古から八戸の間にあなたの痕跡が残っていないのですね。

義経：八戸の鮫ヶ浦と津軽半島の三厩は、あの当時、奥州から蝦夷地へ行くために通らなくてはならなかった港だった。

北村：八戸には七つ道具を背負った弁慶を真似て踊る「えんぶり」という郷土舞踊が残っています。

義経：弁慶はよくよく人気があるのだな。

北村：あなただって負けてはいません。三厩はあなたが三頭の馬を残していったということから付けられた地名といわれていますし、あなたが建立したといわれる龍馬山義経寺が三厩湾を望む山の中腹にあります。あなたが馬を繋げていたという「厩石」という大きな岩もあります。

義経：わたしが龍馬山義経寺を建立したことは間違いない。三厩という地名も「厩石」もわたしが蝦夷地に渡ってからの話だからはっきりしたことはわからない。

北村：五百年後に「厩石」を訪れた円空は、あなたの守り神だった観音様が岩の上で光っているのを見つけます。そこで円空は流木で仏像を彫って、そのなかに観音像を納めたうえで小さなお堂を建てました。円空仏は一九六三年に青森県の重要文化財に指定されました。

義経：わたしは宮古、八戸、三厩に滞在したが、わたしの本当の目的は蝦夷地に渡ったうえで大陸に行くことだった。

北村：その蝦夷地にもあなたが滞在したと思われる痕跡がいくつもあります。さきほども言いましたが、新井白石は『読史余論』のなかで蝦夷地の民間信仰として登場する「ホンカン様」はあなたを意味する「判官様」が転じたものと分析しています。

義経：新井白石の推理はなかなかのものだ。

北村：蝦夷地は北海道になっています。その北海道の松前町にある光善寺には、あなたが津軽海峡を渡ったときに、神仏に深く感謝して阿弥陀千体仏を納めた義経山欣求院があります。義経山欣求院は戊辰の戦いで焼失しましたが、不思議なことに阿弥陀像だけは焼け残ったので、あらためて光善寺に祀られました。欣求院の境内にはあなたが矢尻で彫った「義経山」と刻まれた碑も残っています。

義経：そんなこともあったような気がする。

北村：北海道の函館市には、あなたが津軽海峡を渡って蝦夷地に向かうときに風波が強かったので、あなたが無事を祈った船魂明神があります。船魂神社の境内にはあなたが弓でつついて湧出させたという義経の湧水がありましたが、いまでは枯れてしまっています。江差町には、あなたがさらに北に向かって行ったときに残していった白馬が、あなたの帰りを待ちわびて岩となったといわれる馬岩があります。

義経：よく覚えていないが、そんなこともあったかな。

北村：北海道の乙部町には、九郎岳の山麓にたどり着いたあなたの悲運を思いやったアイヌの人たちが、奥州の地が望める見晴らしのよい場所に植えた桂の木があります。

義経：そんなことがあったのか。

北村：あなたがアイヌの人たちが住んでいた積丹半島の神威岬の沖を通過しようとしましたが、波風が強くて船は荒海にもまれました。この土地の首長は娘のシララにあなたを介抱させました。あなたがこの地を去るとき、シララは岩伝いに船を追いかけたときに海に呑み込まれてしまいます。

義経：シララという娘のことはよく覚えている。

北村：このシララ姫伝説のせいで、その辺りはいまでも「シララの小道」と呼ばれています。積丹半島にはカブト岬やカブト岩があり、さらにあなたがお世話になったお礼に金の兜を贈られた首長が残したという「兜岩」が残っています。

義経：その兜のことはよく覚えていない。

北村：岩内町にはあなたがちょっと一休みした場所があり、そこに弁慶が自分の刀を近くの岩に架けたことから、この岩を「刀掛岩」、この岬を「刀掛岬」と呼ぶようになりました。この地にはあなたが暖をとってもらうために、弁慶が木を切って薪を積み上げた薪が化石になったという話も伝えられています。

義経：また弁慶の話か。

北村：一九六三年に岩内町スキー場の近くで源氏の家紋といわれる「笹竜胆」が隠し彫りされている大きな石が発見されています。

義経：いろいろとあるものだな。

北村：日高地方の平取町にはあなたが御神体になっている義経神社があります。江戸時代に近藤重蔵が蝦夷地を訪れたときに、この地に住むアイヌの人が「ハンガンカムイ」と呼んでいる英雄の存在を知ります。「ハンガン」は「判官」、「カムイ」は「神」と考えた近藤は、アイヌの人が尊敬している「ハンガンカムイ」はあなたであると考えます。

義経：近藤重蔵というのはどういう人物かな。

北村：江戸時代の幕臣で五度にわたって蝦夷地の探検を行っています。千島列島の択捉島を調査したときに「大日本恵登呂府」と記した標柱を建てています。

義経：探検家というわけか。

北村：江戸にもどった重蔵が神田の仏師法橋善啓に作らせたあなたの木像を奉納したのが義経神社のはじまりです。平取町の町章は「平取」という字の形と源氏の笹竜胆がデザインされています。

義経：わたしの木像があるから義経神社というわけか。

北村：明治時代には外国の女性が義経神社を訪れています。イギリス人のイザベラ・バードは、一八七八年五月から七か月間、日本国内を旅行し、その記録を「日本奥地紀行」と題する全二巻の書簡体旅行記にまとめ出版しました。そのなかでバードは、アイヌの言語や習慣を調査するために北海道の平取のアイヌ集落に滞在して、西洋人としてはじめて義経神社を訪れています。少し長くなりますが「日本奥地紀行」の一部を紹介しましょう。

「崖の突端、ジグザグ道の頂上には、日本本島の木立や高台でよく見かける木造の寺院あるいは神社が建っている。明らかに日本式建築だが、それに関してアイヌの伝承は黙して語らない。私が立った場所にはそれまでヨーロッパ人は誰ひとり立ったことはなく、身の引き締まる見聞であった。副首長が引き戸を引くと、全員が敬意を表して頭を下げた。それは白木からなる素朴な神社で、奥にある広い棚の上には、象嵌された真鍮の甲冑を身につけた歴史上の英雄義経像を収めた厨子、金属製の御幣が数枚、

変色した真鍮のろうそく立て二脚、細々と描かれた中国の彩色画があった」と書いたうえで義経について、

「義経は日本の歴史上最も人気のある英雄であり、少年たちの特別なお気に入りである。義経は一一九二年に勝者としてミカド（後白河法皇）より征夷大将軍に任ぜられた頼朝の弟である。勝利者として真の名誉を称えられた義経は、兄の嫉妬と憎しみの対象となり、諸国を追われ、通説では妻子を殺した後に切腹し、その首は酒漬けにされ鎌倉の兄のもとに送られた。しかし、知識人たちは義経の死んだ時期や場所について納得していない。義経は蝦夷地に逃れて長くアイヌ民族とともに暮らし、そこで十二世紀末に死を迎えたと信じている者も多い。アイヌ民族は義経が祖先に文字と数字をもって文明の諸技芸を教え、さらに正しい法を授けたと主張し、彼らの多くが義経を法の番人を意味する名称のもとに崇拝している」

と書いています。

**義経**：わたしのことを「日本の歴史上最も人気のある英雄で、少年たちの特別なお気に入り」などといわれるとどうにも照れくさい。

**北村**：いずれにしても蝦夷地にもあなたの足跡がたくさんあります。

**義経**：わたしは蝦夷地にいたのだから当たり前のことだ。

北村：幕末にも官軍に破れた幕府の生き残りの榎本武揚や土方歳三といった旧幕臣たちが、北海道の函館の五稜郭に逃げ込んで「蝦夷共和国」とも呼ばれる「北海道共和国」の独立宣言をしています。一八六八年十一月にはイギリス、フランス、アメリカから事実上の政権として認定されています。

義経：明治天皇がいるのに「共和国」と名乗ったのはすごい発想だ。

北村：榎本たちが表明した文書に「共和国」の名が現れたことはありません。「共和国」の名は周囲の者によって呼ばれるようになったようです。

義経：榎本があの女とは違うようなのでほっとした。

北村：天皇陛下がいる以上、日本は「共和国」と名乗れないはずです。最初に「共和国」という表現を使ったのは、一八八八年十一月に榎本と会見したイギリス公使館の書記官だったアダムズでした。

義経：それで北海道共和国はどうなったのかな。

北村：十二月に国内で最強だった開陽丸が沈没してしまったことから急速に弱体化した北海道共和国は五月十八日に降伏し箱館戦争は終わります。ちなみに榎本武揚は投獄されましたが、のちに北海道の開拓を指導することになりました。

義経：わたしは榎本とは違って、蝦夷地から樺太に向かい、そこから海を渡って大陸に行った。最初に着いたところに砦のようなものを作って、そこにしばらく滞在した。蝦夷地も平泉より寒かったが、その地の寒さはそれどころでなかった。

北村：ウラジオストックの近くにあるハンガン岬から一二〇キロメートルほどのところに、日本の武将が本国を逃れ、この地に築いたといわれている「蘇城（スウチャン）」という古城の遺跡があります。その武将がここで「蘇生した」ことから「蘇城」と命名されたそうです。蘇城は一八五八年のネルチンスク条約でロシア領になるまでは清の支配下にありました。ちなみにハンガン岬はあなたが上陸したところとされています。

義経：わたしの名前がついている場所があるのか。わたしは大きな川がある土地に移動したが、そこもひどく寒いところだった。

北村：そこはニコラエフスクというところです。ニコラエフスクの郊外には、現在は撤去されていますが、あなたの名前と笹竜胆の紋所が刻まれた石碑があったそうです。それをあなたの碑と信じていた日本人の居留者は、あなたの石碑があった公園を「義経公園」と呼んでいました。

義経：あの辺りにはそれほど長いこと滞在しなかったはずだが、それでもわたしの名前がついた公園があったのか。

北村：ニコラエフスクについては、もうひとつ不思議な話があります。日本がシベリア出兵したころのことですが一九二五年二月一日付の『朝日新聞』に、ニコラエフスクの近くでタタール人の芝居を見たところ、巻狩の場面で役者が笹竜胆の紋をつけた日本流の鎧兜で登場したが、昔から伝わっている芝居でだれが作ったのかはわからないという記事が掲載されています。

**義経**：わたしと一緒に滞在した部下たちと巻狩のようなことをした覚えがある。

**北村**：それが芝居の巻狩の場面になったのかも知れませんね。

**義経**：わたしは樺太から海を渡って大陸に上陸したところがニコラエフスクやウラジオストックだったようだが、あのころはそういった地名ではなかった。

**北村**：そうでしょうね。コラエフスクは一八五六年、ウラジオストックは一八六〇年に命名された名前です。

**義経**：そうだったのか。わたしが滞在したころのあの辺りは、おそろしく寒いだけで人間などほとんど住んでいないような僻地だった。

# 第七章　二人の共通点

北村：ここからはあなたがモンゴルに行って成吉思汗になったという話を伺いたいと思います。

義経：わたしはせっかちなので、わたしが蝦夷地からモンゴルに行ってジンギスカンになった証拠は成吉思汗というわたしの名前にあるプロローグで述べたが、もう一度くりかえさせてもらう。わたしの名前の「成吉思汗」という漢字を万葉風に読んでみると、「成」は「なる」、「吉」は「よし」、「思」は「も」ですから、ここまでは「なすよしも」になります。「汗」を「かな」とすれば「なるよしもかな」になる。

北村：静御前が頼朝の前で謡った「しづやしづ しづのをだまきくり返し 昔を今に なすよしもがな」ですね。

義経：わたしの名前は静が鶴岡八幡宮の若宮堂で謡った「しづやしづ しづのをだまきくり返し 昔を今に なすよしもがな」の返歌なのだ。

北村：そのことは高木彬光という推理作家が『成吉思汗の秘密』という作品のなかで、仁科東子という素人の女性から指摘されたとして、あなたがいまおっしゃった「なるよしもかな」のことを書いています。

義経：日本にもわたしの気持ちを見破った女性がいたのか。

北村：それだけではありません。仁科さんは「汗」という字を白拍子の衣装を意味する「水干」にあると指摘しています。

義経：なるほどな。わたしはそこまでは考えていなかった。

北村：さらに「成吉思汗」を漢文風に読むと「吉成りて汗を思う」になると言っていますし、「吉」は「吉野山」に通じているので「吉野山の約束を成して静御前のことを思う」という意味になると推理しています。

義経：わたしは「成吉思汗」という名前に「なるよしもかな」という意味をこめたのだけど、仁科という女性の推理はすごいと思うよ。仁科さんもすごいが、鞍馬山の阿闍梨のなかにも気がついた人がいたようだ。

北村：どういう意味ですか。

義経：わたしの命日は衣川で死んだ六月十五日のはずだが、鞍馬山ではわたし（成吉思汗）の命日である八月十五日に「遮那王祭」とも呼ばれる「義経忌」という法要が、現在まで七百年も行われてきた。
北村：八月十五日というとお盆の時期ですから、あなたの法要をしてもおかしくないのではないですか。
義経：日本のお盆は昔から八月十五日だったのかな。
北村：いいえ、そうではありません。かつては太陰暦の七月十五日を中心とした期間に行われていました。明治維新によって太陽暦が採用されると、新暦の七月十五日は農繁期と重なるので、八月十五日を月遅れのお盆とするようになりました。
義経：そうだろう。鞍馬山が「義経忌」は七百年も前から八月十五日に行っていたのだから、お盆とは関係がない。
北村：なるほど、あなたのおっしゃる通りですね。そういえば、モンゴルでも八月十五日を成吉思汗の命日として「オボー祭」という祭りが行われています。
義経：もう一度、ここで結論をいわせてもらうと、わたしはモンゴルに着いてから成吉思汗になったのだ。
北村：あなたと成吉思汗が同じ人間ということはよくわかりました。ここからはあなたと成吉思汗の共通点について伺います。
義経：その前に少しだけ自慢したいことがある。わたしにちなんだ名前の大谷君が野球の世界の二刀流という話があったな。

北村：その通りです。

義経：大谷君が野球の二刀流なら、わたしは軍事の二刀流だ。

北村：軍事の二刀流というとどういうことですか。

義経：わたしは陸でも海でも負けたことがなかったから、陸と海の二刀流だといいたい。

北村：陸軍と海軍の二刀流ということですね。フランスのナポレオンは陸では不敗を誇っていましたが、トラファルガー海戦でイギリスに完敗したことでイギリスへの侵攻を諦めます。ドイツのフレデリック大王とモルトケも陸軍の名将でしたが海軍には関係がありませんでした。

義経：三人とも二刀流でなかったわけだ。

北村：いつのころからか軍事の分野では陸軍と海軍の分業がはじまります。陸軍は陸で戦い、海軍は海で戦うのが基本というわけです。海軍はいくつかの点で陸軍と違って、外国と戦争するための軍隊といえます。一方の陸軍は国内の治安維持を目的とした軍隊です。

義経：わたしの生きていたときは外国と戦うことなど考えていなかった。

北村：海軍は基本的に技術者の集団といえます。源平合戦のころは敵の水手や梶取がある種の技術者だったといえます。あなたが水手や梶取を討ったのは、このことがわかっていたからと思いますが、いかがでしょうか。

義経：そこまで考えたことはなかったが、そういわれてみると、わたしが壇ノ浦でとった戦法は間違っていなかった気がしてきた。

北村：日本の歴史家や戦史の研究者たちは、あなたが陸と海の二刀流の使い手だったとはまったく気が付いていないようです。

義経：歴史家や戦史の研究者の連中はなにも考えていないからな。

北村：あなたのおっしゃる通りだと思います。

義経：ところでフランスの士官学校にいたカルパンティエという教官が軍事の天才はモンゴルの成吉思汗、プロシアのフレデリック大王、フランスのナポレオン一世、プロシアの参謀総長モルトケの四人しかいないが、秋山好古の話を聞いてわたしと織田信長を加えてくれたという話があったな。

北村：その話は司馬遼太郎の『坂の上の雲』に書いてあります。

義経：織田信長というのはどんな人物なのかな。

北村：戦国時代に天下統一を目指した織田信長は日本を代表する英雄です。なかでも今川義元を討ちとった桶狭間の戦いは有名です。信長は三〇〇〇人の兵で二万五〇〇〇人の大軍を率いる義元に勝ったのです。だれが考えても信長に勝ち目はないと思っていました。

義経：それは素晴らしい。カルパンティエによると、天才的な戦略家の条件は騎兵を運用できることだったな。桶狭間の戦いは騎兵による奇襲作戦だったわけだな。ところで信長はそれ以外の戦いでも騎兵を活用して天下統一を成し遂げたのだな。

北村：それはちょっと違います。桶狭間の戦いのあとはほとんど騎兵を活用していません。

義経：そういうことだとすると、残念ながら、信長は軍事的な天才とはいえない。

北村：厳しいご意見ですね。

義経：秋山好古がどのような話をしたのかわからないが、わたしにいわせてもらうと信長は戦略的天才とは思えない。

北村：ちなみに信長は天下統一の直前に、部下の明智光秀に謀反を起こされ、本能寺で暗殺されています。

義経：部下に暗殺されたのなら、部下の統率もできていなかったというわけだ。

北村：たしかにあなたのおっしゃる通りかもしれませんね。

義経：そうだよ。それよりもカルパンティエは世界には戦略的天才は六人いるといったようだが、ここで信長を外すとしたら五人になる。

北村：そうなりますね。
義経：そうじゃないよ。
北村：どういうことですか。
義経：成吉思汗はわたしだから、世界には戦略的天才は五人でなくて四人しかいないことになるのさ。
北村：そういうことになりますね。
義経：戦略的天才が六人もいるわけがない。
北村：あなたには完全に参りました。
義経：そんなに参らないでほしい。
北村：あなたと成吉思汗の共通点ついて伺います。
義経：なんでも聞いてくれ。
北村：あなたと成吉思汗が同一人物であることが成立するために絶対に欠かせないことがあります。一つはあなたがた二人がほとんど同時に生まれていることであり、もう一つは成吉思汗の活躍があなたの死から数年後であることです。
義経：そりゃそうだな。
北村：成吉思汗の前半生は伝説と神話に包まれていて謎だらけです。上下二巻で七〇〇ページからなるドーソンの『蒙古史』でも、一一九三年まではわずか四ページしか費やされていません。

義経：成吉思汗の生い立ちはよくわからないというわけだ。

北村：モンゴル民族が文字を持たなかったので文献が残っていないので、成吉思汗が生まれた時期については不明な点が多いようですが、言い伝えによると一一五六年、一一五八年、一一六一年というように諸説があります。あなたが生まれた年は一一五九年とはっきりしています。

義経：一つ目の条件はクリアーしていたわけだ。

北村：成吉思汗の青年時代における空白期間については、世界中の歴史学者も特定できていません。あなたが死んだのは一一八九年ですが、成吉思汗が歴史に登場するのは一一九三年ころです。

義経：それなら二つ目の条件もクリアーしている。

北村：あなたと成吉思汗の一人二役が可能ということになります。もっともこれは必要条件であって十分条件ではありません。

義経：わたしが成吉思汗であることは、わたしが一番よく知っているが、みんなに納得してもらいたい。

北村：あなたと成吉思汗の性格について比較してみましょう。あなたの性格について、大江広元が書いた『扶桑見聞私記』（別名は大江広元日記）には、

「その才能や知力、剣術また勇気や洞察力、リーダー性や人間性などは凡人の及ぶところにあらず」

と書かれています。

義経：随分と買いかぶられたものだな。

北村：一方、成吉思汗の性格はロシアの学者イワニンの著書『テムジン用兵論』に、

「己を処するに方正、人を遇するに寛大、臣下を愛して厚く勲労を賞す、法を守り措置公平、名望を博し心服して従う者ますます多く、自ら士卒の標準となり、号令厳粛をもて強兵を編成す」

としたうえで、

「四隣ついになびかざる者なきに至れり」

と書いています。

義経：よく似ていると思うが、わたしと成吉思汗は同一人物なのだから、よく似ていても当然のことだ。二人の性格が似ているのは不思議でも何でもないよ。

北村：あなたはお酒を飲まなかったようですね。

義経：そうだよ。わたしは下戸だった。
北村：成吉思汗も下戸でした。
義経：それは当然じゃないか。わたしは生涯を通して酒を飲まなかったのだから、成吉思汗も酒を飲まなかったのは当然じゃないか。
北村：あなたや成吉思汗のような英雄が下戸だったというのは不思議な気がします。
義経：酒は体に良くない。わたしは家臣に、
「酒を飲むと理性を失う。心を平静に保つことができない。もし酒を止めることができないのなら、飲酒は一か月に三回にせよ。一回ならさらに良い」
と注意したこともある。
北村：モンゴルが統一されたのは一二〇六年のことでしたね。そのときあなたはオノン川のほとりで即位していますね。
義経：その通りだ。わたしはそのときに房飾りのついた九旒の白旗を掲げさせた。
北村：九旒の白旗ですか。
義経：当たり前じゃないか。昔から源氏は白旗、平家は赤旗と決まっている。九流というのはわたしの名前である「九郎義経」に引っ掛けてみたというわけだ。
北村：あなたは「相撲」を愛好したそうですね。

義経：その通りだ。大昔から神事として行われきた相撲は、鎌倉時代にも盛んだった。兄貴も相撲が好きで家臣に相撲をとらせていた。鶴岡八幡宮の祭礼でも流鏑馬と並んで相撲が披露されていたものだ。

北村：あなたはモンゴルに相撲を持ち込んだのですね。

義経：その通りだ。日本ではいまでも相撲は行われているのかな。

北村：相撲は日本の国技とされています。

義経：それは素晴らしいことだ。

北村：それがあまり素晴らしくないのです。

義経：どういうことだ。

北村：日本の相撲はモンゴルの力士に席巻されてしまっています。これまでに七十四人の横綱がいますが、直近の六十八代から七十四代までの横綱は朝青龍、白鵬、日馬富士、鶴竜、照ノ富士、豊昇龍と七人のうちの六人までがモンゴル出身の力士です。日本人の横綱は七十二代の稀勢の里だけです。あなたがモンゴルに相撲を持ち込んだせいかもしれません。

義経：日本人の力士が不甲斐ないことまでわたしのせいにする気か。いくらなんでもそれはないだろう。

北村：日本人の力士があまりにもだらしないので、ついつい愚痴ってしまいました。モンゴルでは相撲のことを「ブフ」と呼んでいます。モンゴルでは年に一度の民族の祭典であるナーダムの催し物としてブフが行われています。一九九七年には「ブフ・リーグ」が発足し、有力企業によるクラブが急増しています。

義経：モンゴルでは相撲の勝者に褒美を与えたものだ。生まれ変わったら日本の相撲でも勝者に褒美を与えてみたいものだ。

北村：それは面白いですね。

義経：わたしが日本からモンゴルに持ち込んだのは相撲だけではない。日本の巻狩りも持ち込んだ。

北村：モンゴルの歴史書で『モンゴル秘史』と呼ばれている『元朝秘史』には、あなたは兵士を鍛えるためにしばしば巻狩りをしたと書いてあります。巻狩りの指揮者である勢子が獲物を駆り出させ、大きな獲物はかならず一人で射止めて名乗りを揚げます。ほとんど鎌倉時代の巻狩りにそっくりです。

義経：わたしが日本から持ち込んだのだからそっくりで当たり前じゃないか。

北村：ロシアのイワニンは成吉思汗が行ったモンゴルの巻狩りについて詳しく紹介したうえで、この巻狩りが鎌倉時代の巻狩りと一致していることが、成吉思汗の出所を雄弁に物語っていると書いています。

義経：巻狩りは兵の訓練に最高の手段であることに間違いない。

北村：モンゴルではいまでも巻狩りが伝わっていて、毎年のように行われています。

義経：それはいいことだ。

北村：モンゴルでは男の子が生まれると一郎、二郎、三郎、四郎など数のついた名前をつけておいて、成人になったときに元服のような儀式をして、あらためて大人としての名前を付けるようです。

義経：そうだよ。

北村：モンゴル人は中国人と違って着衣に帯をしめますし、上着の上に着るマコワルとかカーチは日本の羽織や袖無に似ています。男子は手拭いのような布で鉢巻することもあります。お正月には烏帽子に似たものを被ってよその家を訪問するという習慣もあります。

義経：そうした習慣の多くは、わたしが日本から持ち込んだものだ。

北村：あなたが戦いで使っていた長弓や鉄棒も日本の武器と似ています。

義経：それも当然のことだ。わたしが日本で使っていた長弓や鉄棒をモンゴルでも使うのは当たり前じゃないか。

北村：モンゴルに行ってからのあなたの活躍について、不思議に思っていることがあります。それはあなた一人でどうしてあれだけの成果があげられたのかということです。

義経：いいところに目をつけたな。わたし一人だけの力で、あれだけの大帝国が誕生したわけがないだろう。わたしは藤原氏の武将を奥州から大陸に連れて行ったのだ。すでに言ったように、わたしははじめから蝦夷地でなく大陸を目指していたのだ。

北村：第一次大戦に敗れたドイツは、国際的に許された最小限の兵力を将校の育成に当てました。その結果、ドイツは十年足らずで強力な軍隊を編成することができ、第二次大戦を起こしたわけです。

義経：そういうことさ。兵隊などいつでも集められる。戦闘に必要なのは将校クラスだ。わたしの成功を支えてくれたのは、奥州から連れてきた優秀な藤原氏の武将だったといえる。

北村：あなたは戦闘の経験が豊富な藤原氏の武将を連れて行ったのですか。

義経：連れて行ったというよりは、ついてきたという方が正しいと思うよ。戦いを職業としてきた武士が、いきなり農民や漁民になれるわけがない。藤原氏に仕えていた多くの武士は、自分が持っている能力で人生を切り開こうとしたわけだ。

北村：あなたのお話はよくわかりました。あなたのほかにも大陸を目指した日本の武士はいます。戦国時代に全国を統一した豊臣秀吉は、一五九一年に朝鮮を服属させたうえで明の征服を目指して十六万の大軍で「唐入り」を決行します。日本では「文禄の役」と「慶長の役」と呼ばれています。はじめのうちは日本が朝鮮を撃破しますが、明の援軍が到着したことで戦況は不利となり、秀吉の死をきっかけに兵を撤退させています。

**義経**：十六万の兵力を投入したというのに朝鮮も支配できなかったのか。秀吉という男もたいしたことがないな。

**北村**：江戸時代には山田長政がシャム（現在のタイ）の日本人町を中心に活躍しました。スペイン艦隊の二度に渡るアユタヤ侵攻を退けた功績で、アユタヤ王朝の国王ソンタムから信頼されて、シャムの王女と結婚し官位を授けられています。

**義経**：官位を授けられた人間なら奈良時代の阿倍仲麻呂がいる。七一七年に遣唐使として派遣された仲麻呂は、唐の玄宗皇帝に常用されて高官になったが、日本への帰国を果たせずにいる。

**北村**：小倉百人一首には仲麻呂が祖国を思って詠んだ、

「天のはら　ふりさけみれば　春日なる 三笠の山に 出でし月かも」

という和歌が選ばれています。

義経：わたしは日本人として暮らした仲麻呂が羨ましい。わたしは死ぬまで日本人であることを隠し続けなくてはならなかった。

北村：その気持ちはよくわかりますが、それでもあなたと成吉思汗には大きな違いがあります。

義経：どういうことかな。

北村：それは二人の身長です。成吉思汗は、巨大な大男だったといわれています。あなたは小柄だったので矛盾していますし、生物学的にありえないことです。

義経：これが逆で大きな男が小さくなったというのなら、わたしと成吉思汗が同一人物という話はありえないことになってしまうが、小さな男が大きくなったというのだから心配しなくてもいい。

北村：なるほどそういうことですね。

義経：わかっただろう。

北村：あなたと同じ世界的な軍事的天才のナポレオンにちなんでつけられた身長が低い男性が持つとされる劣等感のことを「ナポレオン・コンプレックス」といいます。ナポレオンの身長は一六七センチと当時のフランス人の平均身長よりも高いのですが、軍隊のなかでは身長が低かったようです。

義経：ナポレオンはいろいろと身長を高くみせる努力をしていたのだろう。

北村：ナポレオンだけではありません。古代ローマ帝国の指導者だったユリアス・シーザーも禿頭を隠すために、いつも月桂冠をかぶっていました。そのため愛人だったクレオパトラは、シーザーのためにハッカネズミ、クマの油、鹿の骨などを煎じて治療薬を作ったといわれています。

義経：シーザーほどの英雄にとっても、はげ頭はコンプレックスになったわけだ。

北村：日本でも大男だったといわれる加藤清正が、戦場では背を高くみせるだけでなく、敵を威嚇するために「長烏帽子形兜」を被っていました。

義経：その気持ちはよくわかるよ。大男は敵を威嚇するだけでなく、味方を鼓舞することにもなるからな。

北村：背の高さとは関係ありませんが、昔の偉人たちは力強さや威厳を保つために髭を伸ばしていました。髭が生えてなくてもつけ髭をつけるとか、肖像画に髭を描き足させることもありました。

義経：髭というのは獅子のたてがみのようなものだからな。背が高くなかったわたしも、いろいろと苦労したものだ。正直にいうとときには弁慶に代役をしてもらったこともあった。

北村：そうだったのですか。ロシアのモンゴル学者ドルジ・ハンザロフの著書『成吉思汗伝』には成吉思汗が死んだときのことについて、
「奇妙なことに、成吉思汗が亡くなったとき、黄金の棺に納められた遺体は、異常に小さくなっていた」
と書いてあります。

義経：そうだろう。わたしは大男ではなかったからな。

北村：ドルジの『成吉思汗伝』には面白い話が書いてあります。

義経：面白いことってなにかな。

北村：一つはあなたの臨終についてです。『成吉思汗伝』には、
「われこの大命をうけたれば、死すとも今は恨みなし。ただ、故山に帰りたし」
という言葉を残したと書いてあります。「故山」というのは「故郷」のことですから、モンゴルで生まれ育った成吉思汗の言葉とは思えません。

義経：わたしは死ぬまでに一度でいいから故郷の鞍馬山や平泉に帰りたかった。そのことを素直に言ったのだ。

北村：そうだったのですか。どんなにモンゴルで英雄になっても日本が恋しかったというわけですね。

義経：当たり前だ。わたしは日本で生まれた日本人だからな。

北村：そうですよね。ドルジの『成吉思汗伝』には面白いことが書いてあります。

義経：まだあるのかね。

北村：もう一つは成吉思汗の盟友でありライバルだったジャムカは、成吉思汗の人望の高さに嫉妬して敵となります。そのジャムカ将が成吉思汗と同盟を結んでいたケレイト部族のオン・カンに言ったことです。ジャムカは、

「私とあなたとは白翎雀（カモメ）であるが、彼は鴻雁（カリ）である。白翎雀は寒いときも暑いときも北方にいるが、鴻雁は寒くなると南へ飛んで行って暖をとる」

と語ったということが書いてあります。

義経：それはわたしが渡り鳥のようにどこか南の国から来た人間であってモンゴル人ではないということのようだが、それは本当のことだ。

# 第八章　新大陸の発見と元寇

義経：一二〇六年にわたしは千戸長という官職を任命し、その配下の遊牧民を九十五の千人隊（千戸）と呼ばれる集団に編成した。千人隊の下には百人隊（百戸）、十人隊（十戸）を置いた。戦時には千人隊は一〇〇〇人、百人隊は一〇〇人、十人隊は一〇人の兵士を動員できるようにした。

北村：まるで太平洋戦争中のときの国家総動員法のようですね。

義経：兵士は遠征においても家族と馬とを伴って移動し、一人の乗り手に対して三頭から四頭の馬を連れていかせ、常に消耗していない馬を移動の手段として利用できる態勢にした。

北村：そうしたシステムを作ったから、世界最強の機動力を誇った騎兵の運用ができたわけですね。あなたが築き上げたモンゴル軍は征服を続けて、驚くほどの速さで拡大しました。

義経：わたしは手はじめに西夏を相手に戦争をはじめ、一二〇九年までに西夏の皇帝にモンゴルの宗主権を認めさせた。同じ年に現在の新疆ウイグル自治区に存在していた天山ウイグル王国を征服し、その勢いで万里の長城を超えて金に攻め込んだ。

北村：あなたは一二一四年に金の皇帝宣宗と講和を結んだわけですね。

義経：そうなのだが、その直後に金が黄河の南の開封に首都を移したので、再び金に攻め込んで、一二一五年に金の首都だった燕京（現在の北京）を陥落させた。

北村：あなたの行動は神出鬼没のようですね。

義経：一の谷の合戦や屋島の戦いがそうだったように、神出鬼没の行動は戦争に勝つための基本だ。

北村：その後、西遼に遠征したあなたは、一二一八年に南はペルシャ湾から西にカスピ海を支配していたホラズム・シャー朝に達します。

義経：わたしはホラズム・シャー朝に通商使節を派遣したが、その使節が虐殺されたため、その報復として二〇万の大軍を率いて中央アジアに遠征した。モンゴル軍がホラズム・シャー朝の中心都市であるサマルカンドを征服した結果、ホラズム・シャー朝は壊滅した。

北村：あなたはそのまま西に進軍して、南ロシアのキプチャクやルーシ諸公の軍隊を次々に打ち破ります。あなたが率いる本隊は南下しバーミヤーンといった古代からの大都市を破壊します。こうしてあなたの脅威はヨーロッパに伝わります。

義経：その後、わたしはインダス川まで攻め込んだが、インドがあまりにも暑いので侵攻を打ち切って、一二二五年にモンゴルに戻った。

北村：まさに大遠征ですね。

義経：ところが、モンゴルに戻ってみると、すでに臣下になっていた西夏の皇帝が、わたしが留守の間に、金との間にモンゴルに対する同盟を結んでいたのだ。そのことを知ったわたしは、休む間もなく一二二六年に西夏に攻め込んだ。

北村：あなたは破竹の勢いで軍を進めて西夏に近い霊州を包囲しました。

義経：わたしは冬になるのを待って凍結した黄河を越えて西夏に侵攻した。西夏はモンゴル軍が包囲した霊州を救援するために三〇万以上の大軍を送ってきたが、わたしの敵ではなかった。モンゴル軍に破れた西夏は滅亡した。

北村：ところが、このときあなたが陣中で危篤になったために、モンゴル軍は帰途に就きました。あなたは一二二七年八月十八日、モンゴルに戻るその途中の陣中で崩御しました。

義経：もう少しだけでいいから生きていたかったよ。

北村：あなたの遺体は故郷へ帰ってモンゴルの高原に葬られましたが、その場所は最高機密とされました。あなたの遺体を運ぶ隊列を見た者は秘密保持のためにすべて殺されました。あなたは自分の死が知られると敵が攻めてくる恐れがあると考え、自分の死を決して公表しないようにと遺言したといわれています。

義経：わたしの死を伏せるように命じたことはよく覚えているよ。そのために秘密が厳重に保持されたわけだ。

北村：あなたが埋葬された陵墓は完全に忘れ去られてしまい、その位置は長らく謎とされています。

義経：わたしが意図した通りになったわりか。

北村：二〇〇四年に日本の調査隊がモンゴルの首都であるウランバートルから東へ二五〇キロメートルの草原にあるアウラガ遺跡の調査を行い、この地があなたの霊廟として用いられていたことを明らかにしました。

義経：わたしの祖国である日本が調査したのか。

北村：日本の調査隊は、あなたの墳墓もこの近くにある可能性が高いと考えましたが、モンゴル人の感情に配慮して、それ以上のことはしませんでした。今後も発掘をするつもりはないようです。

義経：それはよかった。

北村：ここからは、あなたが亡くなったあとの話をしたいと思います。

義経：わかった。

北村：あなたの跡を継いでモンゴル帝国の第二代皇帝となったのは、あなたの長男ジョチの子どもであるオゴタイでした。オゴタイは一二三五年に西方への遠征を決め、西方遠征軍の総大将にバトゥを任命します。バトゥは成吉思汗の長男のジョチの次男であり、漢字では「抜都」と書きます。

義経：ジョチの息子も立派になったものだ。

北村：一二三六年にモンゴルを出発したバトゥが率いるモンゴルの遠征軍は、ウラル山脈を越えてヴォルガ川中流のトルコ系のヴォルガ＝ブルガール王国を征服します。翌一二三七年にはロシア中心部に侵入してモスクワやウラジーミルを次々と陥落させ、一二四〇年にキエフを征服しキエフ公国を滅ぼしました。

義経：ジョチの息子もなかなかやるじゃないか。

北村：そんなに驚かないでください、バトゥの遠征はまだまだ続きます。十五万の大軍を率いたバトゥはハンガリーに侵攻し、一二四一年にハンガリー王国のベーラ四世の軍を撃破し、首都ブダペストを徹底的に破壊します。

義経：なるほどすごい活躍だな。

北村：さらにモンゴル軍の別働隊は、ポーランドの西部にあるワールシュタットでシレジア公ハインリッヒ二世が率いるポーランドとドイツの連合軍と闘います。ワールシュタットの戦で騎兵を中心とした集団戦法をとったモンゴル軍は、ポーランドとドイツの連合軍を一方的に破ります。ハインリッヒ二世は戦死しています。

義経：モンゴル軍がヨーロッパの軍隊に勝ったわけか。

北村：モンゴル軍は侵略が終わっても去ることはなく、ヴォルガ川の下流にサライの都を築いてキプチャク草原の支配を続けます。一二四三年にヤロスラフ二世をウラジーミル大公と認めます。それから三世紀にわたってモンゴルのキプチャクハン国はルーシ諸国を臣従させます。

義経：モンゴル軍の強さは強烈だな。

北村：このルーシ諸国がキプチャクハン国の強力な支配下に置かれたことを示すのが「タタールのくびき」と呼ばれる言葉です。「タタール」はロシア語でモンゴル人のことで、「くびき」は馬や牛と馬車や牛車をつなぐときに用いる木製の器具のことです。

義経：キプチャクハン国はどのくらいロシアを支配したのかな。

北村：キプチャクハン国の支配は二四〇年も続きました。ロシア民族に独立が認められなくて嘆きの時代とされています。ちなみに一四八〇年にようやくイワン三世がモスクワ大公国の独立宣言をしました。

義経：二四〇年とは随分と長いこと支配したものだな。

北村：そうですね。幕府が続いた期間をみると、鎌倉幕府が一四八年、室町幕府が二三七年、江戸幕府が二六四年ですから、二四〇年というのはかなり長いと思います。

義経：そのほかのモンゴル帝国はどうなったのかな。

北村：あなたが退位したあと、二代目のオゴタイ・ハン、三代目のグユク・ハン、四代目のモンケ・ハンと続き、モンゴル帝国を強大な国へと導いていきます。一二七一年に五代目のフビライ・ハンの時代になると、モンゴル帝国の国号を『元』とすると同時に都を大都（現在の北京）にしました。

義経：フビライはわたしが可愛いがっていた孫だ。

北村：そのフビライの時代にマルコ・ポーロというイタリア人がはるばるヨーロッパからやってきます。

義経：ヨーロッパからというと大旅行だな。

北村：その通りです。一二七一年にヴェネツィア共和国の商人だった父親のマルコ・ニコロと叔父マッフェオに連れられてイタリアを出発したマルコ・ポーロは、ペルシャからパミール高原、ゴビ砂漠を越えて元の都である上都に到着します。
義経：わたしもいくどとなく遠征したからわかるが、大陸は本当に広いからな。
北村：一二七五年にようやくモンゴルに到着して、フビライ・ハンに拝謁したマルコ・ポーロは、その後、フビライに重用され元の各地に使節として派遣されています。
義経：フビライはマルコ・ポーロが語ったヨーロッパの話を興味深く聞いたのだろう。
北村：一二九二年に船で泉州（現在の福建省）を出発し、セイロン島に立ち寄ったマルコ・ポーロはアラビア海をへて、一二九五年にヴェネツィアに戻っています。マルコ・ポーロの旅行は四半世紀を超えていました。
義経：往復で二十五年もかかったのか。
北村：このマルコ・ポーロの冒険は一九三八年にアメリカで映画化されています。ゲイリー・クーパーが主演した「マルコ・ポーロの冒険」です。日本でも一九七九年に「マルコ・ポーロの冒険」というアニメが放送されました。
義経：わたしもその映画やアニメを見てみたいものだ。
北村：イタリアに戻ったマルコ・ポーロは『東方見聞録』という本を出版しています。この『東方見聞録』には、あなたにとっても興味深いことが書かれています。
義経：わたしにも興味深いこととというのはなにかな。

北村：あなたに関係があることです。この旅行で見聞した内容を『東方見聞録』にまとめたマルコ・ポーロは、日本について、

「中国の東の海上一五〇〇マイル（二四〇〇キロメートル）にある島国である」

と書いています。

義経：マルコ・ポーロは日本にまで行ったというのか。

北村：とんでもありません。マルコ・ポーロは日本には訪れていませんので、おそらくフビライから聞いたのだと思います。

義経：フビライがマルコ・ポーロになにを教えたのかな。

北村：『東方見聞録』は日本を「黄金の国ジパング」としたうえで、

「莫大な金を産出する日本の宮殿や民家は黄金でできている」

と書いています。

義経：『東方見聞録』には日本が黄金の国と書いてあるのか。

北村：信じられないことですが、そう書いてあるのです。

義経：日本には黄金でできている建造物があるじゃないか。ここに書かれた「宮殿や民家は黄金でできている」という記述は、平泉にある中尊寺の金色堂のことだ。

北村：なるほど中尊寺の金色堂ですか。

義経：わたしが住んでいた衣川の館のすぐ近くにあった中尊寺の金色堂は懐かしいところだ。それに平泉にあった毛越寺は中尊寺をしのぐ規模で、円隆寺と呼ばれていた金堂には金銀がちりばめられていた。

北村：毛越寺の荘厳さについては『吾妻鏡』に「吾朝無双」と書かれています。

義経：わたしは孫のフビライが子どものころにうわさ話として、日本の平泉にある毛越寺や中尊寺のことを話したことがあるのは間違いない。

北村：フビライは中尊寺の金堂のことも知っていたのですね。

義経：そうだよ。それにしてもフビライも宮殿や民家が黄金でできているとは、これまた思いっきり誇張したものだ。なにしろ奥州の藤原氏は信じられないほどの黄金を持っていたからな。

北村：奥州の藤原氏の勢力の背景には大量の黄金がありました。藤原秀衡は大量の経文を手に入れるために、宋の皇帝に一万五〇〇〇貫の黄金を贈ったという記録が残されています。

義経：その話は秀衡から聞いたことがある。

北村：中尊寺の仏像や金色堂にしても黄金をつぎ込んだという記録がありますから、秀衡は莫大な黄金を持っていたと思われます。

義経：兄貴は藤原氏を滅ぼしたが、その遺産である黄金は手に入らなかったはずだ。

北村：その通りなのです。奥州を手に入れた頼朝が急に富裕になったという気配がまったくないのです。これは歴史の謎と言えます。頼朝は一戸から九戸までの牧場を手に入れたので、馬の供給は楽になったようですが、鎌倉に大量の黄金が運ばれたという形跡はありません。

義経：そうだろう。

北村：秀衡が造った銅尾精錬所や金成精錬所にいた技術者が逃げてしまったためと歴史家たちはいっています。

義経：そんなわけはない。技術者というのは仕事場から逃げたりしないものだ。

北村：豊臣秀吉の起こした朝鮮出兵に一万の兵を率いて参加した島津義弘は、薩摩（現在の鹿児島県）に帰るときに多くの朝鮮の陶工を連行して窯を開かせました。世界で人気のある薩摩焼は、朝鮮の陶工の手によって作り上げられたものです。

義経：奥州に金鉱などなかったはずだ。藤原氏の金脈は大陸にあったのだ。

北村：なるほど大陸ですか。それならシベリアに違いありません。二十世紀のはじめころの金の産出量をみると、ロシアが世界の二〇％くらいを占めていて、そのほとんどがシベリアで採掘されていました。ひょっとしてあなたは大陸に膨大な金があることを知っていたのじゃありませんか。

義経：そうだよ。わたしは秀衡から金のありかを教えてもらっていた。秀衡は死ぬ前に遺言を入れた錦の袋を渡してくれた。そこには大陸にある黄金京への道筋が書いてあっただけでなく、黄金を扱っている人たちへの紹介状が入っていた。

北村：あなたは闇雲に大陸に向かったのではなくて、大きな夢を抱いて大陸にいったわけですか。

義経：わたしは兄貴から逃げるために大陸に行ったのではない。大陸への道は夢と希望にあふれた旅だった。

北村：当時のヨーロッパの人々にとって『東方見聞録』に書かれた「黄金の国ジパング」の話はにわかには信じがたかったようで、マルコ・ポーロは嘘つき呼ばわりされました。その一方で『東方見聞録』は東洋に関する貴重な資料として重宝され、後の大航海時代に大きな影響を与えることになります。

義経：どのような影響かな。

北村：最大のものは新大陸の発見です。地球は球体なので大西洋をひたすら西に航海して行けば東洋にたどりつくと信じていたクリストファー・コロンブスは、『東方見聞録』を読んで「黄金の国ジパング」を目指して大西洋を出航します。

義経：地球は丸かったのか。そんなことは知らなかった。海の向こうは滝にでもなっているのかと思っていた。

北村：スペインを出航して大西洋を西に向かって進んだコロンブスは、一四九二年十月に陸地に到達しました。コロンブスはそこがインドであると信じましたが、そこはアメリカ大陸という新大陸だったのです。

義経：わたしがフビライにしたうわさ話が世界を変えたわけだ。

北村：そのようですね。あなたは生きているときと同じように、死んでからも世界を変えたのです。

義経：それにしてもコロンブスというのは勇気のある男だな。

北村：勇気があったのはコロンブスだけではありません。『東方見聞録』に書かれた「黄金の国ジパング」は幻想でしたが、その後もコルテスやマゼランなどの探検家がヨーロッパの国々に巨大な富をもたらすことになりました。歴史では「大航海時代」と呼んでいます。

義経：ヨーロッパには勇敢な冒険家が大勢いたわけだ。

北村：そのようですね。話をモンゴルに戻しましょう。

義経：わかった。

北村：あなたのお孫さんのフビライは日本に攻めてきました。日本では「元寇」と呼んでいますが、日本にとって最大の危機でした。

義経：まさかと思うが、フビライが黄金の国「ジパング」を狙ったわけじゃないだろうな。

北村：そうではありません。あなたのお孫さんは一二五九年に朝鮮半島を支配下におき、翌年には中国も手に入れました。

義経：さすがわたしの孫だ。その勢いでフビライは日本に攻めてきたわけか。

北村：フビライが日本に接触してきたのは一二六五年のことですから、そうではないようです。最初の使者は日本にたどり着くことができなくて途中で引き返したのですが、二年後に再び使者を送ってきました。

義経：それは随分とのんびりしていてモンゴル帝国らしくない。

北村：フビライの国書には、

「願わくは、これ以降、通交を通して誼みを結び、もって互いに親睦を深めたい。皇帝は四海（天下）をもって家となすものである。お互いに誼みを通じないというのは一家の理と言えるだろうか。兵を用いることは誰が好もうか。日本国王はその点を考慮されよ」

とありました。世界的な大国であるモンゴル帝国の支配者であるフビライの言葉とは思えません。このとき鎌倉幕府の執権だった北条時宗は強硬な姿勢をとることにして使者を追い返します。

**義経**：その時宗という男はあの女や時頼の子孫ということかな。

**北村**：そうです。八代目の執権です。

**義経**：時宗は「兵を用いることは誰が好もうか」という言葉を威嚇ととったのだろう。

**北村**：当時の鎌倉には南宋より禅僧が渡来していて、こうした南宋の僧侶が時宗に進言したようですが、そのなかには大陸におけるモンゴル帝国の暴虐についての報告もあったようです。

**義経**：南宋というのは金の侵略を受けた宋のなれのはての国家じゃないか。

**北村**：その通りです。この数年後に南宋はフビライに滅ばされてしまいます。時宗はそうした滅亡する直前の南宋から亡命してきた僧侶たちの影響を受けていました。

**義経**：そんな南宋からの亡命者たちの意見を参考にしていた時宗は、まったく国際性がなかったようだな。

**北村**：鎌倉幕府は国際的な視野をもたない、それこそ内弁慶の政権でした。

**義経**：南宋の連中に吹き込まれていたわけか。時宗は日本人としてではなく南宋の人間の目でモンゴルをみていたのだろう。まあ島国のことだから無理もないことだ。

北村：時宗は禅宗に帰依するなど信心深い人物でした。とくに父の時頼と交友のあった蘭溪道隆の影響を強く受けています。その道隆が死去すると、名師を招くために中国に使者を派遣し、鎌倉の円覚寺を開山する無学祖元を招聘します。

義経：ところで使者を追い返されたフビライはすぐに日本に攻めてきたのか。

北村：それが不思議なことに、フビライは翌年の一二六六年から六年もかけて四回も使者を送っています。

義経：随分と気の長いことだ。

北村：フビライは一二七四年に二〇〇隻の船に四万の兵を載せて日本の博多に攻めてきます。最初の使者を送ってから九年後のことです。日本では「文永の役」と呼んでいます。

義経：気の長いことだが、フビライはわたしが日本から来たことをそれとなく察していたのかもしれない。

北村：モンゴルのやり方とは随分と違うのは間違いありませんね。

義経：それで文永の役で日本は負けたのだろうな。

北村：いいえ。モンゴル軍に上陸されましたが、なんとか持ちこたえました。

義経：日本もなかなかやるじゃないか。日本の武士はけっこう強いからな。

北村：一度は失敗しましたが、フビライは諦めません。その後、二度も使者を送りますが、時宗はその使者を博多と鎌倉の龍ノ口で切り捨てています。

義経：使者を殺すなんてひどい仕打ちだ。

北村：いまなら完全な国際法違反です。そうしたことがあって、フビライは七年後の一二八一年に四〇〇〇隻の船に十四万の兵を乗せて攻めてきました。日本では「弘安の役」と呼んでいます。

義経：今度こそ日本は壊滅的な敗北を喫したのだろう。

北村：ところが、決定的な敗北を喫したのはモンゴル軍でした。日本の武士でなく強力な台風がモンゴル軍を襲ったのです。台風はモンゴルの船を海の底に沈めてしまったのです。

義経：モンゴル軍は台風に負けたというわけか。日本も運のいい国だ。

北村：そうですね。日本ではこの台風をいまでも「神風」と呼んでいます。

義経：わたしとしては複雑な気がする。わたしとしてはフビライに兄貴が創設した幕府を簒奪したあの女と義時たちの子孫である時宗を打ち負かしてほしかった。北条氏など滅ぼしてしまえばよかった。

北村：鎌倉幕府は元寇をきっかけに急速に弱体化して、弘安の役から五十年ほど経った一一三三三年に滅亡しました。

**義経**：北条の連中を滅ぼしたのはわたしの孫だというのだな。それなら嬉しい気がする。わたしが平家を滅ぼしたように、フビライは北条氏を滅亡させたというわけだ。

# 第九章　黄禍論と人種差別

北村：あなたがおっしゃるように、あなたが義経だったということについていくつか伺いたいことがあります。

義経：なんでも聞いてくれていいよ。

北村：あなたは中東の商人に出身地を聞かれたときに、モンゴルでなく「ニロンキョト村」と答えたようですね。

義経：「ニロン」は「日本」、「キョト」は「京都」が訛ったといいたいのだろう。そんなこともあったような気がする。

北村：あなたが滞在した熱河省（現在の河北省）に「へいせん」という地名があります。この地名はあなたにゆかりのある「平泉」ではないのですか。

義経：その通りだ。そのくらいのことは許してもらいたいな。いくら「へいせん」と名付けてもモンゴルの人には「平泉」とわかるはずがないからな。

北村：モンゴルでは城壁の外装は「マク」、白い天幕は「シラ」と呼ばれています。

義経：その通りだ。「マク」は「幕」、「シラ」は「白」という日本の言葉が語源になっているはずだ。

北村：成吉思汗の発音は「ジンギスカン」ですが、これは「源義経」を「ゲンギケイ」と発音したものが訛ったという説がありますが、いかがでしょうか。

義経：だれがいったのか知らないが、そこまで無理にこじつけなくてもいいと思うよ。わたしが説明したように「成吉思汗」は「なるよしもかな」でいいじゃないか。

北村：そうでしたね。あなたが築いたモンゴル帝国は、その後「元」という国名になりますが、この「元」は源氏の「源」に由来するといわれています。

義経：それはあり得ないことだ。国号を元としたのはフビライである。いくら孫のフビライが可愛くても、わたしが源義経ということなど教えるわけがなかった。フビライは源氏とは無関係に国号を「元」としたのだろう。

北村：そうですか。あなたが創設したモンゴル帝国はフビライのときに唐が滅んでから三百年ぶりの中国の統一王朝になったわけです。

義経：わたしが建国したモンゴル帝国が中国の統一王朝になったのか。フビライはさすがわたしの孫だけのことがある。

北村：モンゴルでは梟《ふくろう》が大切にされていて、コインや切手のデザインとして梟が用いられています。マルコポーロの『東方見聞録』のなかでフビライが成吉思汗から聞いた話が書いてあります。

義経：フビライはマルコポーロにどんな話をしたのかな。

北村：その話というのは、若かったころの成吉思汗が、ある戦いに破れて梟が棲んでいる大木の空洞に身を隠していたときに、成吉思汗に心を寄せていた敵の武将が、「この空洞のなかには梟が棲んでいるだけで、人間など隠れていない」と言ったので、成吉思汗は九死に一生を得たというものです。

義経：どこかで聞いたことのある話だな。

北村：石橋山の合戦でしょう。

義経：兄貴が死にそこなった石橋山の戦いだ。

北村：一一八〇年に平家打倒の挙兵を計画した以仁王が、諸国の源氏に蜂起を促す令旨を出します。以仁王の令旨を受けて蜂起した源頼朝は、平家と衝突した最初の戦いである石橋山の戦いで、大庭景親の軍勢に一方的な敗北を喫します。

義経：兄貴は本当に戦が下手だったからな。

北村：石橋山の戦いで大敗した頼朝は、平家の残党狩りから逃れるために山奥の洞窟に逃げ込みます。袋のネズミ状態になった頼朝は自害を決意します。この頼朝にとって最大の危機を救ったのが梶原景時でした。景時は洞窟に身を隠していた頼朝を見逃して、ここには誰もいなかったと報告します。

義経：ここでも景時の名前が出てくるのか。いい加減にうんざりするよ。

北村：フビライが成吉思汗から聞いた話というのは、成吉思汗が経験したことでなく頼朝のことだったのかも知れませんね。

北村：東北アジアの騎馬民族によって日本の統一国家ができたという「騎馬民族征服王朝説」を唱えた考古学者の江上波夫は、騎馬民族のモンゴル民族は世襲や序列などにこだわらないで優秀な人材を指導者に選ぶので、血縁がなくとも実力さえあれば日本人でもトップになる可能性があるとしています。

義経：その通りかも知れない。わたしもモンゴルのようなところでなければ国家を創設できたとは思っていない。

北村：ところであなたと成吉思汗が同一人物となると心配なことが起きます。

義経：どういうことかな。

北村：一八七八年から外交官としてイギリスのロンドンに赴任し、退職してからは一八八一年からケンブリッジ大学で学んだ末松謙澄という人物がいます。末松は『大日本史』などを下敷きに一八七九年に「The identity of the great conqueror Genghis Khan with the Japanese hero Yoshitsuné（大征服者成吉思汗は日本の英雄源義経と同一人物なること」と題する英文の論文を発表します。

義経：わたしのことを英語で書いたということか。

北村：末松が英文の論文を執筆したのは、当時、イギリス人から清の属国のように見なされていた日本人は、成吉思汗という世界的な英雄を輩出した民族であるといった気持ちがあったと思われます。

義経：論文を書いた動機が変わっていて面白い。

北村：日本は一八九四年に起きた日清戦争で清に勝ちますが、それまでは国際社会での地位は決して高くはありませんでした。

義経：そうだったのか。それでわたしと成吉思汗が同一人物ということが、日本のために少しは役に立ったのかな。

北村：いいえ、そうではなかったようです。論文を発表したときはよかったのですが、日清戦争に勝ったころからヨーロッパで「黄禍論」が登場したのです。

義経：黄禍論というのはどういうものかな。

北村：黄禍論は明らかな人種差別です。わかりやすくいうと日本人脅威論といえます。日清戦争に勝ったことではじまった日本による中国大陸への軍事的な進出をきっかけに、中国大陸に進出していたロシア、ドイツ、フランスに広がった思想です。フランスでは一八九六年に「黄禍論」という言葉が確認されていますし、ドイツのヴィルヘルム二世は「ヨーロッパの諸国民よ、諸君らの最も神聖な宝を守れ」と書いています。日清戦争に続いて一九〇四年に起きた日露戦争に日本が勝利すると世界に広まりました。

義経：日本もそんなに強かったときがあったのか。

北村：そうなのですが、日本より強い国があったことが、ヨーロッパに脅威を与えたようです。それはあなたが建国したモンゴル帝国です。

義経：モンゴル帝国がどうしたのかな。

北村：あなたのモンゴル帝国に蹂躙された白人は、黄色人種に対して警戒するようになったわけです。とくにモスクワ大公国（現在のロシア）には「タタールのくびき」という言葉があるくらいです。

義経：それで末松の論文とどういう関係があるのかな。

北村：ヨーロッパでは成吉思汗は尊敬される人物でなく恐ろしい存在だったのです。その成吉思汗が日本人だとすると、日露戦争に勝った日本はモンゴル帝国のように警戒するべき存在と思われたわけです。末松の目的は逆目に出てしまったようです。

義経：日本が強くなることはいいことじゃないのかな。

北村：黄禍論のおかげで迷惑を受けたのがアメリカに移住した日本人です。アメリカでも黄禍論が起きて、アメリカが警戒すべきは日本であると主張したわけです。日露戦争に勝った日本はアメリカの仮想敵国になります。まず、アメリカへ移民していた中国人に対して危機を募らせた白人の労働者が排斥運動を起こします。

義経：強い日本が脅威になるというわけか。

北村：日本からの移民も中国人移民と同じく白人から仕事を奪うとして排斥運動が起きます。その後日本が日露戦争に勝ったことで日本人移民の排斥運動が拡大します。一九一三年にはカリフォルニア州議会で「カリフォルニア州外国人土地法」が成立し、日本人移民が住宅を持つことができなくなり、一九二四年には排日移民法が制定されます。この法律によって日本人のアメリカへの移住は完全に停止しました。

義経：どうにも悲しくなる話だな。

北村：こうしたことが続いて一九四一年には、アメリカとイギリスを相手に太平洋戦争が起きます。

義経：日本がアメリカとイギリスと戦争をしたのか。たいしたものじゃないか。ところでどっちが勝ったのかな。

北村：日本は一九四五年に無条件降伏をしました。多くの都市が焦土となりました。

義経：なんということだ。アメリカとイギリスに負けてしまったのか。

北村：戦争中に驚くべき人種差別が起きました。黄禍論の行きついたところは日本人移民が強制収容所に収容されるという悲劇に繋がりました。

義経：黄禍論が人種差別に繋がったというわけか。

北村：日本は第一次世界大戦後のパリ講和会議で人種差別撤廃を提案します。国際会議でこういったことを訴えたのは日本がはじめてでしたが、この提案は反対されてしまいます。当時、植民地を抱えていた列強からすれば、人種差別の撤廃などとても受け入れられない話でした。

義経：人種差別というのはなかなか根深い問題なのだな。

北村：日本は国際連盟の規約に、

「各国均等の主義は国際連盟の基本的綱領なるに依り締約国は成るべく速に連盟員たる国家に一切の外国人に対し、均等公正の待遇を与え、人種或いは国籍如何に依り法律上或いは事実上何等差別を設けざることを約す」という内容を盛り込もうとしたのです。

義経：それで日本の提案は認められたのかな。

北村：日本は無理な主張をしてはいません。奴隷制度があったアメリカの事情を考慮して、規約には期限を設けないで「なるべく速やかに」と書いていたのです。日本の提案に賛成したのは日本、フランス、イタリア、ギリシャ、セルビア、クロアチア、チェコスロバキア、ポルトガル、中華民国で、反対したのはアメリカ、イギリス、ブラジル、ポーランド、ルーマニアでした。賛成票が反対票を上回りました。

義経：賛成多数なら日本の提案が通ったわけだ。

北村：ところが議長だったアメリカのウッドロウ・ウィルソン大統領が、「全会一致でないので、本修正案は否決された」としたのです、日本は、「多数決での決定もあったではないか」と食い下がりましたが、ウッドロウ・ウィルソンは、「このような重要な問題は全会一致、あるいは反対票なしの決定だった」と一蹴したのです。日本は提案の趣旨と賛否数を議事録に残すことで引き下がるしかありませんでした。

義経：ウィルソンという男はどうしようもないな。わたしのモンゴル帝国には人種差別などなかったよ。わたしはモンゴル帝国に能力の高い人物を導入するために人種の違いなど考えたこともなかった。

北村：たしかにモンゴル帝国は驚くべきことに宗教に寛容でした。あなたはキリスト教徒やイスラム教徒、仏教徒だけでなく各種の異教徒を官僚や軍人として採用しています。

義経：わたしは宗教や人種による偏見などまったくなかった。有能な人物を採用することは、組織を強くするために必要なことだ。

北村：文官に異民族を登用したもっとも有名な人物が金王朝の耶律楚材です。逆にシルクロードで交易をしていた商人も、宗教や人種に寛容なモンゴル軍を受け入れたわけです。

義経：わたしは戦争ばかりしていたように思われているが、モンゴルにはじめて文字を導入したし、モンゴルの結束を高めるために千戸制、ケシク制、オルド制、大ジャサ（法典）といった制度を創り上げた。そのためには宗教や人種のことを差別などしている暇などなかった。

北村：そうですよね。モンゴル語を作らせたのもあなたでしたね。

義経：わたしは一二〇四年にウイグル人のタタトンガを捕虜にした。このタタトンガがウイグル文字に精通していることがわかったので、モンゴル文字を作らせることにしたのだ。

北村：モンゴル文字の大部分はウイグル文字のようですが、そのなかで日本語のかな文字が用いられています。モンゴル文字の字順はウイグル文字の字順とは違う五十音体系の「ア、カ、サ、タ、マ、ヤ、ラ、ワ」になっています。ウイグル人のタタトンガが日本のかな文字や五十音をどこで知ってたのか不思議な気がします。

義経：モンゴル文字を作ったときに、わたしもいろいろと意見を言わせてもらったから、日本の文字が混ざっているのだ。

北村：『長春真人西遊記』によれば、あなたは西国の遠征中に道教の師である長春真人を山東省から呼び寄せて不老長寿の方法を尋ねていますが、そのときに内容を記録するための備忘録を漢字で書くように指示しています。あなたは漢文を理解できたようですね。

義経：当たり前じゃないか。鞍馬山で漢字を厳しく勉強させられたからな。

北村：そうでしたよね。

義経：わたしのモンゴル帝国が世界を制覇していたら、人種差別や宗教紛争など起きなかったと思うよ。わたしが死んでから九〇〇年もたつというのに、人類は少しも進歩していないな。

北村：ところで話がいきなり飛躍しますが、清朝の『古今図書集成』には一三〇巻からなる『図書輯勘録』があり、その序文に「朕の姓は源、義経の裔なり。その先は清和に出ず。故に国を清と号す」と書いてあります。国名の「清」は「清和源氏」に通じています。

義経：わたしが死んでから四百年もあとに建国された清のことなど知っているわけがないじゃないか。

北村：そんなこと言わないでくださいよ。もし『図書輯勘録』に書いてあることが本当なら決定的な話になります。

義経：そういうならば『図書輯勘録』を調べてみればいいじゃないか。

北村：清朝の秘録ともいえるこの書物は宮廷の奥深く収められ、厳しい箝口令がしかれていましたが、幕末になって清の汪縄武が日本に伝えました。その内容を書いたものは江戸城内にあった紅葉山文庫に収められ、現在は内閣文庫にあることがわかっています。

義経：それなら簡単じゃないか。いますぐ内閣文庫に行けばいいだけのことだ。

北村：内閣文庫は江戸幕府から受け継いだ蔵書を中心に歴代の内閣によって保管されてきた古書や古文書のコレクションです。現在は内閣府の独立行政法人の国立公文書館に移管されています。

義経：それなら国立公文書館に行って調べれば、すぐにはっきりするだけのことだけど、なんだかややこしい話のようだな。

北村：清の都だった北京の紫禁城には「太和殿」、「保和殿」、「中和殿」、「雍和宮」、「協和門」など日本のことを意味する「和」がついた名前が多くみられました。

義経：だからといって、わたしの末裔が清を建国したことにはならないと思うよ。

北村：辛亥革命後に中華民国の初代大統領になった袁世凱が、紫禁城の「太和殿」を「承運殿」、「保和殿」を「建極殿」、「中和殿」を「体元殿」、「協和門」を「経文門」に変えました。清国の崩壊によって「和」のついた名称はなくなったというわけです。

義経：袁世凱というのはどういう人物なのかな。

北村：中華帝国の初代大統領に就任した袁世凱は、一九一五年に「天命」を受けたとして、新王朝「中華帝国」の樹立を宣言し、自ら皇帝になるとともに年号を「洪憲」としました。

義経：どうにも胡散臭い男だな。

北村：いくら欲が深くても時代には勝てません。皇帝になったものの北京で学生がデモを行い、地方の軍閥も反旗を翻したため、一九一六年の三月に帝政を廃止し、三か月後に失意のうちに病死しました。

義経：どうにもあわれな男だ。

北村：ここで伺いたいのは、モンゴル帝国が消滅したあと、あなたの子孫が満州に行って清朝を創設したというのはどう思うかということです。
義経：いい加減にしてくれよ。わたしが死んだあとのことなど答えられるわけがないじゃないか。
北村：そうでしたね。申し訳ありません。
義経：このインタビューに本気で答えているのだから、あまり無茶な質問はしないでほしいな。
北村：わかりましたが、もう一つだけ無茶な質問をさせてください。
義経：これが最後の無茶な質問ということで聞くが、どういった話かな。
北村：明の軍人である鄭成功のことです。鄭成功は肥前（現在の佐賀県）の平戸島で、福建省生まれの鄭芝龍と日本人の田川マツの間に生まれました。日本名を田川福松といいます。
義経：鄭成功は日本人と中国人のハーフだったのか。
北村：そうなのです。鄭成功は一六四四年に清の李世民によって北京が陥落した明を擁護し抵抗運動を続け、台湾を支配していたオランダ軍（東インド会社）を追放したことから、台湾ではいまでも孫文や蔣介石と一緒に「国民の父」として尊敬されています。

義経：面白そうな男だな。
北村：明の皇族によって立てられた南明の二代皇帝である隆武帝は、謁見した鄭成功のことを気に入って、
「わたしに皇女がいれば娶わせるところだが残念でならない。その代わりに国姓である『朱』を賜ろう」
と言いました。鄭成功はいかにも畏れ多いとして決して「朱姓」を使おうとはしませんでしたが、人々は「国姓を賜った大身」という意味で「国姓爺」と呼ばれるようになります。ちなみに「爺」は御大という意味です。
義経：阿部仲麻呂のような人物だな。
北村：その後、隆武帝は北伐を行いましたが失敗に終わって殺されます。鄭成功は勢力を立て直すためにオランダ東インド会社が統治していた台湾を拠点にしようとします。一六六二年に台湾のゼーランディア城を陥落させ、オランダ人を一掃し鄭氏政権を樹立します。鄭成功は目標だった「反清復明」を果たすことなく死去しますが、台湾ではいま中華民国海軍のフリゲート艦は「成功」と命名されています。
義経：なかなかの男だな。
北村：台湾だけでなく中国でも英雄とされていて、福建省廈門市には鄭成功の巨大像が台

湾の方を向いて立っています。中国で英雄視されている鄭成功が日本と中国のハーフであるということは、中国人からすると複雑な感情なのかもしれません。

義経：わたしもせめて日本とモンゴルのハーフだったらよかったのかも知れないな。

北村：鄭成功は日本ともいろいろな関係があります。近松門左衛門は明の復興運動を行った鄭成功を題材とした人形浄瑠璃の『国性爺合戦』を書き、一七一五年に大坂の竹本座で初演され大ヒットしました。『国性爺合戦』は歌舞伎でも取り上げられ、いままでも人気がある演目となっています。ちなみに『国性爺合戦』の主人公である和藤内は、和（日本）でも藤（唐）でも内（ない）」という洒落になっています。

義経：近松は洒落た男だな。

北村：鄭成功は陶器にも関係しています。

義経：どういうことかな。

北村：一六六〇年代から生産がはじまった乳白色の生地に上品な赤を主調とした有田焼の磁器は、初代の酒井田柿右衛門が開発したとされていますが、明の景徳鎮の陶磁器を扱えなくなった鄭成功が、景徳鎮の赤絵の技術を持ち込んだものであることがわかっています。

義経：その鄭成功とわたしの間にどのような関係があるのかな。

北村：鄭成功の抵抗に困った清の皇帝は徳川幕府の将軍に使者を送ります。その使者は清の皇帝の祖先は日本人であるとしたうえで、その祖先が着用していた鎧を献上したという話があります。

義経：その祖先がわたしだったというわけか。どうもあまり信じられない話だな。いずれにしても鄭成功の活躍とわたしが成吉思汗と同一人物だということは関係がなさそうだな。これで無茶な質問は終わりだ。

# 第十章　ＤＮＡが解明する歴史

北村：ここからはあなたの女性関係について伺いたいと思います。
義経：無茶な質問は勘弁してくれと言ったばかりなのに、すぐに女性の話になるのかね。
　わたしの女性関係などたいしたことはないよ。
北村：そんなことはないと思いますよ、昔から「英雄色を好む」といいますからね。
義経：わたしは英雄でもなければ、色を好んだこともない。
北村：そんなことはありません。
義経：またはっきりと言うな。
北村：そうですよ。ここで科学的な証拠を示したいと思います。
義経：色恋沙汰に科学など関係ない。
北村：そうでもないのです。二〇〇四年にオクスフォード大学の研究チームが、ウランバートル生化研究所と共同研究でＤＮＡの解析を行った結果、あなたが世界中でもっとも子孫を多く残した人物であることが明らかになりました。

**義経**：なんだよ、そのＤＮＡというのは。

**北村**：すべての生物には遺伝子というものがあり、ＤＮＡはその遺伝子を構成する物質のことです。一人ひとりのＤＮＡはそれぞれ違いますから、あなたのＤＮＡがあれば、科学的にはあなたを識別することができるのです。

**義経**：えらくむつかしそうな話だな。

**北村**：遺伝子であるＤＮＡはこれまでわからなかった歴史の謎を次々と解明しています。

**義経**：具体的に教えてほしい。

**北村**：ロシア革命におけるニコライ二世の謎についてお話ししましょう。一九一七年の十月革命で誕生したソビエト政権は、一九九〇年二月に崩壊しました。長いこと秘密のベールに包まれてきたのが、一族のすべてが殺害されたといわれるロマノフ王朝の最後、一九一七年二月に起きた二月革命によって、ニコライ二世は退位させられ軟禁されました。その年の十月に権力を手にしたレーニンは、一九一八年七月にニコライ二世の一家を処刑しました。

**義経**：処刑家族の皆殺しはすごいな。

**北村**：その後、しばらくして奇妙な事件が起きました。自分は殺害をまぬがれたニコライ二二世の皇女アナスタシアであると名乗る女性が現れたのですが、この件に決着をつけたのがDNAでした。ニコライ二世の遺骨からDNAが取り出されます。このニコライ二世のDNA鑑別に日本が登場したのです。

義経：どういうことかな。

北村：じつはニコライ二世の血液が日本に残されていたのです。ニコライ二世はロシア皇帝になる三年前の一八九一年に日本を訪れています。そのときに起きた大津事件で負傷したニコライ二世の血痕がついた布が保存されていたのです。この血液から取り出されたDNAがニコライ二世のDNAと一致すれば、ニコライ二世は処刑されたことになります。

義経：たしかにそうなるな。わかりやすい話だ。

北村：ところが、残念なことに保存状態がよくなかったようで、この血痕からはDNAを取り出すことができませんでした。そこで登場したのがイギリスでした。

義経：イギリスまでがニコライ二世と関係があるのか。

北村：ニコライ二世はイギリスのエリザベス女王の夫であるフィリップ殿下と婚姻関係にありました。そこでイギリスの内務省法医学研究所がDNAを分析した結果、ニコライ二世のDNAは、九八・五％の確率でニコライ二世のものであることが証明されました。

義経：ＤＮＡというのは恐ろしいな。

北村：フランスでも歴史の謎がＤＮＡによって解決されました。ルイ十六世と妻のマリー・アントワネットはフランス革命で処刑されました。二人の子どもであるルイ・シャルルも獄中で死亡しましたが、監獄から脱出したルイ・シャルルがルイ十七世となったという「ルイ十七世生存説」がありました。

義経：わたしが衣川から脱出した話とよく似ているな。

北村：そこでフランス王家の墓所に納められていたルイ・シャルルの遺体から取り出したＤＮＡとマリー・アントワネットの遺髪から取り出したＤＮＡを分析しところ一致したので「ルイ十七世生存説」は否定されました。

義経：わたしと違って生存説は、両方ともＤＮＡによって否定されてしまったわけか。

北村：そのようですね。日本人の祖先もＤＮＡによって明らかにされました。日本人の祖先であるモンゴロイドには、約三万年前に登場した背が高くて手足も長い古モンゴロイドと約一万八〇〇〇年前に誕生した手足が短く背も低い新モンゴロイドが存在します。

義経：モンゴロイドというのはモンゴルとなにか関係があるのかな。

北村：モンゴロイドというのは、人類学の分類です。日本語では「黄色人種」や「蒙古人種」と呼ばれていることからモンゴルと無関係ではないと思います。

義経：日本人の祖先ということは、日本人がどこからやって来たということか。

北村：そういうことです。日本人の祖先に関する研究は化石や言語を比較することでしたが、分子生物学が進歩したことでＤＮＡが主役になったのです。日本の古代史は紀元前三世紀頃まで続いた縄文時代とそれ以降の弥生時代に分けられます。

義経：わたしだって縄文時代は狩猟が中心だったが、弥生時代には稲作が盛んになったことくらいは知っている。

北村：縄文人が日本人の祖先であることは間違いないのですが、縄文人は南方からきたのか、それとも北方からきたのかということがわかっていませんでした。

義経：日本人は大陸から来たのだから、北方から来たのに決まっているだろう。

北村：それがそうではなかったのです。一九八九年に国立遺伝学研究所の宝来聡氏が、浦和から出土した約六〇〇〇年前の縄文人から取り出したＤＮＡを分析したところ、南方系の人たちと一致することを突き止めたのです。縄文人は古モンゴロイドだったのです。

義経：日本人の祖先である縄文人のＤＮＡが、南方系の人たちのＤＮＡと同じだったということは、日本人の祖先は南方からきたというわけか。

北村：あなたが成吉思汗になったと考えたシーボルトは、アイヌの人たちと南の沖縄の人たちはよく似ているが、それはアイヌと沖縄の人たちが古モンゴロイドの影響を強く残しているからと推測しています。

義経：シーボルトはいろいろなことに関係していたのだな。

北村：日本人は古モンゴロイドである縄文人と新モンゴロイドの弥生人という二重構造が成立しているのでしょう。

義経：そうするとわたしは弥生人で弁慶は縄文人ということになるようだな。

北村：そうかも知れませんね。

義経：DNAが歴史の謎を解明するという話はとても興味深かった。

北村：DNAの話はさておき、そろそろあなたの話に戻りましょう。

義経：わかった。

北村：モンゴルから中国の北部にかけて暮らしている男性の八%、およそ一三〇〇万人の男性が共通するY染色体を持っていました。分子時計という科学的な手法で分析した結果、このY染色体を持っている男性が住んでいる地域は中東から中央アジアに分布しています。このY染色体を引き継いでいる男系の子どもは一六〇〇万人になります。

義経：まさかと思うが、わたしの子孫が地球上に一六〇〇万人もいるというのじゃないだろうな。

北村：そのまさかなのです。オクスフォード大学の研究チームは、このY染色体が世界に広がったのはあなたのせいであると推測しています。

義経：許してくれよ。わたしはそれほど女好きじゃない。

北村：研究グループを主導したカリス・テイラー＝スミスは、あなたのY染色体が広がったのは、これらの地域に一般的である一夫多妻制によるのではないかと述べています。

義経：これではわたしはまるで色情狂じゃないか。それだけは勘弁してほしいな。

北村：この研究結果には批判もあります。スタンフォード大学の集団遺伝学者ルイジ・ルーカ・カヴァッリは、この特殊なY染色体の分布について、共通の先祖を想定することには同意できるが、これを歴史上のある特定の人物、すなわちあなたの子孫であると特定することには賛成できないと述べています。

義経：それみたことか。

北村：オックスフォード大学の遺伝学者ブライアン・サイクスも二〇〇三年に出版した『アダムの呪い』のなかで、

「状況証拠は有力だが、残念ながら証明はできない」としながらも、検出されたY染色体は成吉思汗のものである」

とほぼ断定しています。人類の繁栄はY染色体による男性の暴力的な性格や支配欲が関係しているという見解に立って、あなたが自らのY染色体の欲望に突き動かされ、戦場だけでなく寝室でも勝利することになったという見方を示しています。

義経：ブライアン・サイクスという科学者はどういった評価をされているのかな。

北村：ブライアン・サイクスは世界的に有名な遺伝学者です。一九八九年には世界的な科学雑誌の『ネイチャー』に古代人のDNAを分析した研究を発表しています。

義経：そうなのだな。

北村：ロンドン大学のサンガー研究所のカーシム・アユブは、アジア全域から集められた二〇〇〇人以上の男性の血液を採取し、そのDNAを分析したところ、サンプルの多くがある同一の家系に属していることがわかりました。このことから考えられることは、調査した男性には同じDNAを持った共通の祖先がいるということです。

義経：その共通の祖先というのがわたしというのかな。

北村：その祖先がどの時代の人物かを割り出してみると、千年前のモンゴルにいた人物であることが判明しました。こうしたことを考えると、その祖先とはあなたである可能性が高いということになります。世界の三二〇〇万人があなたのDNAを引き継いでいるという結論になりました。
義経：こちらは三二〇〇万人がわたしの子孫というわけか。
北村：そんなに照れなくてもいいですよ。女性にもてるのは男の勲章ですから。
義経：わたしの後宮には五〇〇人を超える女性がいたのは間違いないが、子孫が三二〇〇万人になるほど多くの子どもを作った覚えはない。
北村：日本にも十六人の妻と妾を持ち、十七歳から五十五歳まで毎年のように子どもを作った将軍がいました。徳川幕府の十一代将軍の徳川家斉です。家斉が作った子どもは、わかっているだけでも男の子が五十三人、女の子が二十七人と合わせて八十人でした。そのため家斉はオットセイ将軍といわれていますが、あなたには足元にも及びません。
義経：すごい将軍がいたものだ。
北村：あなたが軍事的天才に疑問符をつけた織田信長も正室である帰蝶との間に子どもはいませんでしたが、十二人ほどの側室との間に男子十二人、女子十一人と全部で二十三人の子どもがいました。
義経：徳川将軍の半分以下じゃないか。
北村：織田信長の人生は四十九年と短かったことを思うと結構いい数字じゃないですかね。

義経：日本人はたいしたことがないようだが、世界ではもっとすごい男がいないのか。

北村：ポーランド＝リトアニア共和国の国王のアウグスト二世の子どもは三六五人とも三八二ともいわれています。

義経：それはすごい数字だ。

北村：ヨーロッパの各地に愛人や妾を作ったといわれるアウグスト二世は「プレイボーイ国王」と呼ばれています。プレイボーイだっただけでなく、素手で蹄鉄をぶち破ったというエピソードがある怪力の持ち主で「強健」というあだ名が付けられました。

義経：すごい男だな。

北村：もっとすごい男がいます。モロッコにあったアラウィー朝の第二代スルタンのムーレイ・イスマーイルには妻が四人、妾が五〇〇人いて子どもが一一七一人いたといわれています。

義経：この男は桁外れの女好きだ。

北村：「戦士王」と呼ばれるほど戦いが好きだったムーレイ・イスマーイルはオスマン帝国と戦い独立を守っただけでなく、スペインやポルトガルと戦ってキリスト教徒を拉致していました。

義経：女だけでなく戦争も好きだったのか。それじゃあ兜を脱ぐしかないな。

北村：あなたが兜を脱ぐ必要はありません。
義経：それはどういう意味なのかな。
北村：ムーレイ・イスマーイルよりすごい男がいるのです。
義経：子どもが一一七一人以上いた男がいるというのか。
北村：その通りです。その男があなたなのです。
義経：なにを馬鹿なことを言っているのだ。冗談はよしてくれないか。
北村：冗談ではありません。あなたは遠征中に三〇〇〇人以上の妻を娶り、その子どもは二〇〇〇人とも言われます。さすがあなたです。スケールが違いますね。子孫が一六〇〇万人もいるわけです。
義経：よしてくれないか。そんなにたくさん子どもを作った覚えはない。
北村：あなたは戦争だけでなく女も好きだったようです。

# エピローグ

義経イコール成吉思汗説は、ＡＩ義経との対談で結論がでたようです。さらに二〇三三年七月七日、日本とモンゴルの探検隊が発見した成吉思汗の墳墓から採集されたＤＮＡと義経の兄弟である頼朝や範頼のＤＮＡを比較した結果、義経イコール成吉思汗説という歴史の謎に終止符が打たれました。義経は大陸に渡って成吉思汗になっていたのです。

## 著者プロフィール

### 中原 英臣（なかはら ひでおみ）

1945年（昭和20年）東京生まれ。東京慈恵会医科大学卒業。医学博士。東京慈恵会医科大学講師、山梨医科大学（現山梨大学医学部）助教授、山野美容芸術短期大学教授、新渡戸文化短期大学学長、山野医療専門学校副校長、2024年12月まで西武学園医学技術専門学校東京校校長。新渡戸文化短期大学名誉学長。ニューヨーク科学アカデミー会員、日本体育協会公認スポーツドクター、日本ダイエット推進センター理事長。毎日新聞100周年記念論文優秀賞、日経サイエンス創刊20周年記念論文優秀賞を受賞。

著書『医者しか知らない危険な話』（文藝春秋）『愚問の骨頂』（新潮社）『進化論が変わる』（講談社）『日本優国論』（中央公論新社）『上手な医者のかかり方』（集英社）『偉人たちの死亡診断書』（小学館）『AI歴史学　山本五十六と太平洋戦争』（文芸社）など多数。



## AI歴史学　源義経と成吉思汗

2025年4月15日　初版第1刷発行

著　者　中原 英臣
発行者　瓜谷 綱延
発行所　株式会社文芸社
〒160-0022　東京都新宿区新宿1－10－1
電話　03-5369-3060（代表）
03-5369-2299（販売）

印刷所　株式会社平河工業社




ISBN978-4-286-26459-2